FEDERICO ANDAHAZI

Las huellas del mal

Grijalbo

Penguin
Random House
Grupo Editorial

Esta novela está basada en hechos reales. Algunas escenas, personajes y localizaciones han sido tratados de manera literaria por motivos estéticos y narrativos. Valga como pauta de interpretación y lectura: aquellos pasajes que resultan más inverosímiles, extraños y fantasiosos, por lo general, se ajustan a la realidad.

Las huellas del mal

Primera edición en Argentina: septiembre, 2022
Primera edición en México: abril, 2023

D. R. © 2022, Federico Andahazi
Casanovas & Lynch Literary Agency, S.L.
Balmes 209, 5° 2°, 08006 Barcelona,
teléfono +34 93 212 47 91
e-mail: info@casanovaslynch.com

D. R. © 2022, Penguin Random House Grupo Editorial, S. A.
Humberto I, 555, Buenos Aires

D. R. © 2023, derechos de edición mundiales en lengua castellana:
Penguin Random House Grupo Editorial, S. A. de C. V.
Blvd. Miguel de Cervantes Saavedra núm. 301, 1er piso,
colonia Granada, alcaldía Miguel Hidalgo, C. P. 11520,
Ciudad de México

penguinlibros.com

ISBN: 978-607-382-826-0

Impreso en México – *Printed in Mexico*

A la memoria de Juana Merlín, mi primera lectora,
que antes de irse me señaló la senda de Eurípides.

1

Necochea, julio de 1892

Tendidos sobre un barro hecho con la sangre y la tierra apisonada, los hermanos Ponciano y Felisa Carballo, de seis y cuatro
años, parecían más pequeños de lo que eran. Las cabezas dislocadas, la piel pálida, tersa y fría como la porcelana les conferían la
apariencia de un par de muñecos rotos y desechados. Costaba
reconocer en esos cuerpitos yertos a los niños que solían corretear descalzos en la orilla del río, mientras la madre lavaba la
ropa en un fuentón.

Luego de que el médico confirmara lo evidente —"muerte
por degüello", así lo asentó en el informe— los policías envolvieron los cuerpos con un par de sábanas, los alzaron en brazos
y por fin los depositaron en el piso de la carreta que esperaba
afuera. Los acostaron uno junto al otro sobre el crupón de un
cuero crudo, del lado del pelo, para que la sangre no se escurriera entre los tablones.

El olor de la muerte sacó al matungo de la modorra. El animal dio un respingo entre las varas del carro y echó vapor por
los ollares con un relincho sordo. Uno de los policías golpeó

las tablas laterales de la caja con la palma de la mano para indicarle al cochero que la carga estaba acomodada. Sin mirar hacia atrás, el hombre sacudió las riendas, hizo un chasquido entre la lengua y el paladar y la carreta avanzó lenta entre la escarcha, camino al cuartel.

El carro sin flejes copiaba los accidentes del camino irregular. Los cuerpos se sacudían de manera ultrajante, como si alguien se hubiese propuesto no dejarlos descansar en paz.

Igual que sus dos hijos, Francisca Rojas tenía un tajo en la garganta. Permanecía boca arriba en la misma cama en la que se había desatado el ataque. La madre mantenía las manos crispadas y las uñas verticales, como una hembra que aún quisiera defender a sus crías. Tenía los ojos abiertos y la mirada perdida en un punto impreciso entre las pajas del techo. Estaba viva, pero ausente. La herida, al menos la de la carne, no era tan profunda.

La policía local había recibido órdenes del Departamento Central de La Plata. El ministro del Interior de la Nación hizo llegar un cable telegráfico con una instrucción inapelable: "Que nadie toque nada hasta que llegue el personal enviado por esta cartera". El comisario Blanco, jefe de la regional Necochea, les ordenó a sus hombres que se abstuvieran de poner un dedo en la escena del crimen. Solo debían retirar los restos de los niños y manipular lo imprescindible. "Siempre con guantes", enfatizaba la directiva.

Formados en una línea tortuosa, los agentes se miraban de reojo, extrañados, mientras recibían las insólitas instrucciones del jefe. El comisario Blanco era un hombre corpulento, de bigote grueso, gestos aparatosos y modales despectivos, altaneros. Los policías, cubiertos con ponchos de lana cruda sobre el uniforme raído, mostraban las manos callosas: nunca nadie los había provisto con guantes, ni siquiera para el frío. Decir que usaban uniforme era poco menos que una convención; con que se pusieran una casaca azul era suficiente.

El comisario abrió una bolsa de arpillera y repartió guantes usados e impares que iba sacando al azar. Había de cuero vaqueta, de vellón rústico y manoplas de descarne como para fundición de metales. Cuando el jefe les explicó que eran para que no dejaran las marcas de los dedos, se sintieron agraviados. No los tenían tan pringosos, se quejaron; al menos no al punto de que no pudiera quitarse con agua y jabón. Hicieron oír la protesta con un coro aguardentoso, destemplado, que solo se acalló con un grito seco del comisario y una frase final para dejar conforme al personal:

—Caprichos de la capital —rezongó entre dientes.

El jefe de la policía local estaba inquieto con la inminente visita. Se lo notaba alterado y más irritable que de costumbre.

Por otra parte, ni el jefe ni los agentes se explicaban por qué tanto interés del ministerio. Las víctimas no tenían el abolengo de Felicitas Guerrero, cuyo asesinato había sacudido al país veinte años antes. Este era un crimen horroroso, cruel y repudiable, tal vez el más estremecedor en la historia de la ciudad. Pero se trataba de una familia ignota, apenas conocida en el pueblo; habitantes humildes de un arrabal del fin del mundo. ¿Era necesario enviar agentes del Departamento Central de la Provincia de Buenos Aires y el Ministerio del Interior de la Nación? Las autoridades políticas locales se sentían menoscabadas y bajo observación. Esperaban que el jefe de la policía regional tuviese alguna hipótesis firme antes de que llegara la comitiva.

Y, por cierto, el comisario tenía una teoría. No importaba si era verdadera; bastaba con que fuera verosímil. Al menos lo suficiente como para dar el caso por cerrado y pasar la página funesta.

No había despuntado el alba cuando dos jinetes aparecieron entre la niebla densa, se apearon frente a la casa y caminaron hacia la puerta.

—Vucetic, Iván Vucetic —se presentó el inspector recién llegado de La Plata ante los agentes de consigna.

A pesar de que en el documento figuraba como Juan Vucetich, y así era conocido en el Departamento Central, el hombre pronunció el apellido según la grafía croata, tal como se pronuncia la "c" en castellano. A veces se presentaba como Iván, otras como Giovanni y casi siempre como Juan. Era la manera de preservar la identidad sin mentir. Su nombre empezaba a hacerse conocido y no tenía ningún interés en que se supiera en aquel pueblo quién era y para qué había viajado.

Los dos policías de consigna soportaban el viento helado de junio que soplaba desde el mar apoyados en el marco de la puerta. El visitante hablaba con un marcado acento extranjero que sorprendió a los agentes locales. Esperaban al típico investigador citadino con aires de superioridad y mirada despectiva. Juan Vucetich, al contrario, guardaba una actitud reservada y a la vez asertiva. Tenía la austera elegancia de los europeos que habían llegado al país sin pergaminos bajo el brazo. Llevaba puesto un sobrio terno gris cortado a la italiana. Usaba una corbata ancha, cuello alzado y un bombín estoico que resistía las embestidas del viento sureño. La frente alta, los ojos inquisitivos y el maletín cuadrado le daban una apariencia más cercana a la de un científico que a la de un policía.

Un paso atrás del inspector Vucetich estaba su asistente, Marcos Diamant. Vestía una chaqueta *tweed* de Norfolk, ajustada con un cinto de la misma tela que le ceñía el talle espigado. Llevaba unas botas altas, lustradas, por fuera del pantalón de montar. Lucía como quien fuera de cacería de zorros a las colinas de Cotswolds; en aquellos cenagales en el borde del mundo nadie saldría vestido de ese modo. Menos aún, para ir detrás de un asesino.

A pesar del largo viaje, ambos conservaban el aspecto atildado. En contraste con los agentes locales, los recién llegados se veían como si hubieran salido de la sastrería. Nadie habría dicho que acababan de llegar de una travesía de más de diez horas en un tren rural. Ni siquiera el último tramo a caballo había conseguido borrarles la raya perfecta de los pantalones.

—¿Han tocado algo? —preguntó el inspector Vucetich, mientras se calzaba un par de guantes blancos inmaculados.

Los policías emponchados no se mostraban demasiado dispuestos a colaborar. Contestaban con movimientos de cabeza breves o se alzaban de hombros mientras mascaban tabaco y escupían de costado unos salivazos negros y espesos que salpicaban aquí y allá la escena del crimen.

El inspector Vucetich les pidió a los suboficiales que se mantuvieran cerca porque los iba a necesitar. "Pero sin tocar nada", insistió. Dada la reticencia de los agentes a obedecerle, sabía que ese pedido era la mejor forma de mantenerlos lejos. Estaban por entrar en el rancho, cuando escucharon los cascos de un caballo que se acercaba a todo galope. Antes de que el animal terminara de frenar, se apeó una silueta negra recortada contra la niebla grisácea. El hombre sujetó el animal al palenque y se adelantó hacia ellos con un gesto escénico que coincidió con su entrada en la zona iluminada.

—Comisario Blanco, *enchanté* —se presentó con un francés de caricatura y un fingido tono afeminado, con la pretensión nada cordial de burlarse del esmerado aspecto de los visitantes.

—*Enchanté, monsieur le commissaire. Quelle chance nous avons de pouvoir parler en français, afin que vous et vos distingués professionnels puissiez maintenir la confidentialité de l'affaire. ¿Pouvez-vous nous dire ce qui s'est passé ici selon vos hypothèses et selon votre examen attentif?*[1] —respondió Marcos Diamant con naturalidad y dejó flotando la pregunta en la niebla.

---

[1] Encantado, comisario. Qué suerte tenemos de poder hablar en francés, para que usted y sus distinguidos profesionales puedan mantener la confidencialidad del asunto. ¿Puede decirnos qué sucedió aquí de acuerdo con sus suposiciones y de acuerdo con su cuidadoso examen?

El conato de burla del comisario Blanco se evaporó en la bruma. El hombre se quedó mirando a los visitantes en silencio sin poder articular una respuesta. En realidad, dedujo que era una pregunta solo por la entonación de la frase. Estaba claro para todos que no hablaba ni una palabra de francés. Con el propósito de salir en auxilio del superior, uno de los policías de consigna le dijo al otro mientras miraba a Diamant:

—*Ikuña'ieterei.*[2]

El otro, sin contener una risotada aguda e insolente, agregó:

—*Kangylon, tembo'i.*[3]

Marcos Diamant giró lentamente la cabeza y les clavó a ambos policías una mirada penetrante con sus ojos azules. Con la mayor tranquilidad y un gesto piadoso, les dijo:

—*Pe kongregasiónpe chéve g̃uarã iporãve añe'ẽ sa'imi oñenten-de hag̃uáicha, añe'ẽ puku rangue peteĩ idióma avave ontende'ỹvape.*[4] Corintios: catorce diecinueve.

Demudados todos, incluido el propio Vucetich, se miraron en silencio. Uno de los policías que lo había desafiado se persignó como si asistiera al milagro redivivo de Pentecostés del año 33, al recordar el pasaje de Hechos, cuando los discípulos de Jesús "se llenaron de espíritu santo y comenzaron a hablar en lenguas diferentes".

De acuerdo con la usanza, era normal que mandaran policías del norte al sur y de la cordillera al mar para que no se aquerenciaran demasiado con los delincuentes locales. No era raro que enviaran oficiales de Misiones a Río Negro o de San Luis a Entre Ríos. Pero lo que iba en contra de toda usanza era que un judío como Diamant hablara en perfecto guaraní.

---

[2] Maricón, hombre con modales de mujer.

[3] Pene flácido y pequeño.

[4] Prefiero decir cinco palabras que se entiendan y que ayuden a otros, más que decir diez mil palabras en un idioma que nadie entiende.

Vucetich sabía que su ayudante dominaba varios idiomas, pero nunca lo había oído hablar en el del cacique Guairá. Tampoco era común que un judío integrara las filas policiales. En rigor, Marcos Diamant no era la excepción; de hecho trabajaba con el inspector por cuenta y orden del propio Juan Vucetich. Así y todo, tenía que soportar con estoicismo comentarios cargados de sorna, cuando no de odio.

Marcos Diamant era traductor y filólogo. Pero el oficio que lo hacía imprescindible para secundar a Vucetich no era el dominio de las lenguas, sino el del análisis de la escritura. El licenciado Diamant era, entre otras tantas cosas, un avezado grafólogo. Podía deducir distintos aspectos de la personalidad de acuerdo con la letra de cada individuo. Por entonces, además, el ayudante del inspector dedicaba el escaso tiempo libre que le dejaba su jefe a traducir la obra de Eurípides del griego. No lo hacía con el afán de ver su trabajo en letra de molde o escucharlo en boca de los actores en un teatro. Experimentaba una fascinación singular por las mujeres de Eurípides. Andrómaca, Hécuba, Electra, Ifigenia, Helena y Medea eran para Marcos Diamant una aproximación al misterio femenino. Miraba el mundo a través de los ojos sombríos de ellas, lo cual, a decir del inspector, le confería una imagen trágica de la humanidad y una visión oscura de las mujeres.

Era noche cerrada. La oscuridad dilatada del invierno complicaba el examen de la escena del crimen. Solo los murciélagos rompían el silencio con sus trinos lóbregos que indicaban que la aurora todavía era una conjetura.

—Vea, inspector, no hay mucho más que agregar al informe. El caso está prácticamente resuelto. No creo que valga la pena que se moleste. Todavía falta para que amanezca y con esta oscuridad es difícil levantar rastros. De hecho, ya tenemos al asesino —dijo el comisario con tono concluyente, parado delante de la puerta.

—¿Tiene la confesión del sospechoso? —le preguntó Vucetich mientras se colocaba unos anteojos de marco dorado para comenzar con la pericia.

—Casi… —carraspeó el jefe policial, incómodo.

—¿Casi? Permítame —le dijo apartándolo de la puerta con la firmeza de la justicia, pero también con la de un brazo acostumbrado a lidiar con hampones, sicarios y, claro, algún que otro policía bravo.

Después de varias resistencias y dilaciones, Vucetich y su ayudante por fin pudieron entrar en la casa. El comisario Blanco se les pegaba como una sombra; literalmente, les pisaba los talones. La policía local, sin metáfora, les había escupido la escena del crimen. A tal punto era así, que el propio inspector les tuvo que exigir a los agentes que dejaran de mascar tabaco y escupirlo luego sobre el piso de tierra.

El lugar era una casa típica del Cuartel Tercero de Necochea: techo de paja, suelo apisonado y paredes de ladrillo de conchilla sin revocar, pintadas a la cal con brocha gorda. La vivienda era un cubo dividido por un tabique. De un lado, el dormitorio; del otro, la cocina. El mobiliario del cuarto constaba de una cama y un ropero. En la cocina solo había una mesa cuadrada y cuatro sillas de tabla sin esterilla ni partes blandas. El comisario sostenía un farol. Con el brazo extendido, les describió cómo había encontrado la situación la tarde de los asesinatos. Hablaba sin elocuencia, como quien cumpliera, a su pesar, una diligencia con la que no comulgaba.

Atravesaron la cocina. Todo se veía en orden hasta la entrada del dormitorio. El jefe del destacamento local empujó la puerta como si estuviese en su propia casa. De pronto, frente a los ojos de los visitantes se abrió la escena del crimen de manera escenográfica y brutal. El inspector Vucetich y su colaborador estaban familiarizados con la muerte y sus paisajes macabros. Pero lo que vieron en aquella habitación era más de lo que podría resistir cualquier persona.

2

Las paredes estaban surcadas por ríos verticales de sangre que serpenteaban sobre la áspera blancura de la cal y se precipitaban hasta el suelo. Junto a la puerta, había una pala de pico algo retorcida. Pero lo más impactante era que la mujer acuchillada aún estaba ahí, en la misma cama en la que, según decía el informe, había sido atacada. Francisca Rojas permanecía en el centro de la escena del crimen con el cuello vendado, mientras el comisario actuaba como si se tratara de un objeto más. Las sábanas estaban manchadas con la sangre de sus hijos. Debajo de la ventana y sobre el marco de madera tosca había rastros sanguinolentos que indicaban, acaso, que el asesino había huido por esa abertura.

—¿No la llevaron al hospital? —preguntó Vucetich en tono de reclamo.

—El médico no lo consideró necesario —se desentendió el jefe policial.

La mujer permanecía ausente. La herida no era tan profunda como para impedirle hablar, pero la conmoción era tal que su expresión era rígida, como la de los muñecos que habitan los museos de cera. Con la cabeza echada hacia atrás, Francisca Rojas no despegaba la mirada inerte, pétrea, de las pajas del techo sobre la cabecera de la cama.

17

—¿Encontraron el arma asesina? —interrogó el inspector Vucetich.

—Bueno… casi… podríamos decir que sí. El sospechoso tenía una navaja —vaciló Blanco.

—Señor comisario, me imagino que usted también debe tener una navaja. Y a juzgar por la sombra de la barba, infiero que no ha de estar muy afilada. Sin embargo, no tengo motivos, al menos no por el momento, para sospechar de usted. Sobre todo, porque esas heridas no fueron hechas por una navaja —dijo Juan Vucetich, señalando con el mentón hacia la cama.

—No sabía que el inspector además era patólogo —les dijo el comisario a sus policías, sin mirar a los visitantes—. ¿Y cómo sabe que no es el arma asesina? —desafió con los brazos en jarra desde su estatura imponente.

—Por la descripción de las heridas del informe del forense. En todos los casos, la hoja del arma entró de manera vertical y algunas tienen más de quince centímetros de profundidad y seis de largo. Se trata, a las claras, de la hoja de un cuchillo. Una navaja corta en sentido horizontal y las heridas que deja son más largas que profundas.

Como un cirujano que se dirigiera a su instrumentista, el inspector Vucetich extendió la mano con la palma hacia arriba y ordenó:

—*Flashlighting*.

Marcos Diamant abrió el maletín y extrajo un cubo metálico forrado con cuero negro. En la parte superior tenía un asa y en el frente una lente gruesa y convexa. Giró una llave y de pronto surgió un haz de luz plateada que se abrió paso en la penumbra. Los agentes miraban incrédulos, como si asistieran a un número de artistas de la legua. No habían encendido fuego alguno, el artefacto no despedía olor a aceite o querosén ni emanaba humo de combustión. Al ver cómo surgía el resplandor de sus manos, los policías locales pensaron que se trataba de una encarnación del diablo. Ignoraban que aquella era la primera linterna eléctrica que había entrado en el país, antes aún de que su inventor, Conrad Hubert, obtuviera la patente.

El inspector siguió con el haz de luz los rastros de sangre en las paredes, los muebles y el piso. Le llamó la atención un sendero que trepaba hacia la cama y terminaba en las sábanas. Se detuvo en el final del recorrido y pudo distinguir claramente la forma del cuchillo, que se había transferido a la tela mediante la sangre. Como en el Santo Sudario, se veía, perfecta, la silueta y hasta los accidentes en el filo, la hoja y parte del mango del arma asesina.

—Ahí tiene el cuchillo. No hubo tal navaja —le dijo el inspector al comisario, señalando ese sector de la sábana.

Era una situación extraña. La evidencia, pese a tener profusas manchas de sangre e incluso uno de los indicios más notables del arma, seguía fungiendo de cobija. La víctima, en estado catatónico, estaba cubierta por aquella misma manta. Era necesario recogerla, como el resto de las pruebas. Pero al inspector le resultaba muy violento despojar a la mujer herida de la ropa de cama que la abrigaba. Era una de las escenas del crimen peor preservadas que había visto. En cualquier caso, luego de confirmar la hipótesis del cuchillo, Juan Vucetich se dirigió al comisario:

—Me parece que tendrá que devolverle la navaja a su dueño y agregar esta sábana a las evidencias —le dijo el inspector, mientras lo miraba por encima del marco de los anteojos.

Francisca Rojas permanecía con los ojos fijos en el techo de paja como si quisiera traspasar las brozas y alcanzar el cielo. Juan Vucetich, de pie junto a ella, pese a que se veía ausente, le dijo:

—Le pido disculpas, señora, por esta intromisión en un momento tan difícil. Pero quiero que sepa que el señor Marcos Diamant y yo no descansaremos hasta encontrar a quien haya hecho esto.

La mujer, con la boca entreabierta, rígida, ni siquiera pestañeó. Permanecía con la mirada perdida más allá de este mundo; intentaba, acaso, alcanzar a ver, si la hubiera, la patria elevada donde debieran ir los inocentes. Y cuanto más alto miraba Francisca, más agachaban la cabeza el inspector y su ayudante con una mezcla de dolor y vergüenza.

Juan Vucetich se recompuso y continuó con su tarea. Dirigió la linterna hacia la ventana y siguió los rastros de sangre de la pared y el marco.

—Quien haya matado a estos niños salió por esta ventana y ahora está libre.

El comisario dejó escapar un suspiro de fastidio y bramó:

—Sí, salió por ahí. Pero no está libre; está donde tiene que estar: en el calabozo.

Vucetich, sin alterarse, le pidió que le relatara con lujo de detalles su versión del crimen.

Blanco no podía disimular la incomodidad que le había producido el hallazgo de la marca del cuchillo en la sábana. Afirmó, sin embargo, que eso no cambiaba en nada la hipótesis principal sobre el asesinato de los niños y el ataque al que había sobrevivido Francisca Rojas. Repetía que el caso estaba resuelto y el asesino, encarcelado.

Pero ante la insistencia de Vucetich, el jefe de policía giró una silla de la cocina, se sentó con los brazos apoyados sobre el respaldo y así, echado hacia adelante, inició su exposición. Hablaba con la prosa rígida de los informes policiales, en el idioma neutral al que se traducen las declaraciones desesperadas, una lengua despojada de las emociones que suscita la muerte.

La teoría del comisario era la siguiente. El asesino, un tal Ramón Velázquez, era, como solía suceder en estos casos, una persona muy allegada a la familia. Tanto que, de hecho, era el padrino de los niños asesinados. Tenían una relación casi familiar; compadre de Ponciano y Francisca, entraba y salía de la casa con la total confianza de los Carballo. Velázquez y su esposa vivían a pocas cuadras del modesto rancho que había construido Ponciano. Además de ser compadres, ambos hombres trabajaban en el establecimiento de un tal Molina; Ponciano como capataz y Ramón como peón. A espaldas de Carballo, Velázquez intentó seducir a Francisca aprovechando una discusión que había mantenido la pareja. Con la familiaridad que los unía, el hombre fingió actuar como una suerte de mediador para recomponer la relación.

—Esa fue la excusa para visitar a Francisca Rojas durante la ausencia de Ponciano Carballo —les explicó el comisario Blanco al inspector Vucetich y a su asistente.

En la última visita, la del jueves, Velázquez le hizo saber a Francisca sus verdaderas intenciones. Al verse rechazado, y temiendo que ella pudiera denunciarlo con su concubino, a la sazón su capataz, decidió terminar con la vida de la mujer.

El jefe policial se incorporó, caminó hasta el dormitorio e interpretó, *in situ*, la reacción del asesino. Vucetich lo miraba como un espectador que asistiera a una mala obra de teatro. Según su versión de los hechos, Velázquez primero atacó a la mujer, pero ante el horror y los gritos de los hijos de la víctima, temió que los alaridos de los niños pudieran ser oídos por los vecinos y decidió matarlos también. Para que no pudieran escapar, el atacante clausuró la puerta del dormitorio con la pala: clavó la punta filosa en la tierra y trabó el mango contra el picaporte. Entonces los degolló sin piedad. Al comprobar que ninguno se movía, dio por muertos a los tres y volvió al trabajo como si nada hubiese sucedido, antes de que Ponciano Carballo llegara del campo.

Vucetich y su ayudante se miraban de reojo sin emitir palabra. Ambos sabían que la hipótesis del comisario presentaba varias inconsistencias, pero lo dejaron avanzar sin interrumpirlo. La pregunta que se formulaban era si él realmente creía lo que estaba diciendo o estaba construyendo una fábula a sabiendas.

Por otra parte, los agentes preferían guardar silencio porque la mujer, aunque parecía en estado catatónico, estaba ahí. Les costaba entender cómo el comisario podía hablar de un modo tan descarnado ante alguien que acababa de perder a sus dos hijos. Marcos Diamant sabía que las palabras quedaban impresas en algún lugar de la mente, aunque las personas estuvieran dormidas o inconscientes. Era un apasionado estudioso de los frenólogos franceses y austríacos. Diamant estaba al corriente de las investigaciones del doctor Charcot con pacientes bajo hipnosis en el hospital de la Salpêtrière de París. Y había leído en alemán los trabajos del doctor Freud, cuyo nombre comenzaba a sonar más allá de Viena. De hecho, apartándose un poco de los protocolos, el inspector y su ayudante habían utilizado en alguna oportunidad la técnica hipnótica para interrogar sospechosos a título experimental.

El comisario Blanco continuó con su versión de los asesinatos, como si Francisca Rojas no estuviese a unos pocos metros de él. Según su reconstrucción, Velázquez, luego de matar a los niños y herir a la mujer, salió sigilosamente de la casa y volvió al trabajo. Al final del día laboral, Ramón Velázquez invitó a Ponciano a tomar unos tragos en el almacén y luego lo acompañó hasta su casa. Esta propuesta —conjeturó el comisario— podría tener dos propósitos: hacerse una falsa coartada y mostrarse ante testigos para cerrar cualquier ventana temporal. Como suele suceder, volvió luego a la escena del crimen para comprobar que no hubiese quedado nada que pudiera incriminarlo.

Ponciano Carballo y Ramón Velázquez llegaron juntos cerca del anochecer. No bien entraron, el dueño de casa se sorprendió al encontrar la cocina a oscuras y en silencio. Todos los días a esa hora, su mujer ya estaba preparando la cena mientras los niños jugaban alrededor de la mesa. Carballo corrió hacia el dormitorio, pero descubrió que la puerta estaba trabada. Ambos hombres consiguieron abrirla a golpes y empujones y, cuando por fin pudieron entrar, se encontraron con el aciago panorama: los niños muertos en el piso y Francisca desangrándose sobre la cama.

—Con total cinismo —aseguró el comisario Blanco—, el propio Ramón Velázquez llegó a la comisaría a denunciar el asesinato. Lo que nunca imaginó fue que Francisca había sobrevivido al ataque.

—Parece tener sentido... —murmuró Juan Vucetich acariciándose la barba—, pero no veo claramente en qué pruebas se afirma su hipótesis —interpeló, cuidándose, sin embargo, de no contradecirlo del todo.

El comisario mostró un gesto de incredulidad, como si no pudiera admitir que alguien pusiera en entredicho su versión. ¿Para qué había gastado su tiempo durante media hora si ahora pretendían demoler su construcción con una sola frase?

—Sin pruebas concluyentes ni confesión o, al menos, una declaración de la víctima me resulta algo prematuro dar por cerrada la investigación, comisario —remató Vucetich.

Blanco se cruzó de brazos, levantó el mentón, miró a los federales de arriba abajo con ojos desafiantes y dio por terminada la reunión:

—¿Quieren una confesión? Muy bien, tendrán una confesión —dijo, giró sobre sus talones y salió de la casa.

Juan Vucetich y Marcos Diamant cruzaron. Se asomaron a la puerta y pudieron ver cómo el comisario se perdía en la oscuridad a todo galope. El asistente interrogó al inspector con los ojos y recibió una leve afirmación con la cabeza por toda respuesta. Sin que lo notaran los oficiales de consigna, Diamant se escurrió calle arriba y siguió a pie los pasos del jefe de la policía local. El ayudante del inspector nunca supuso que fuera posible más horror. Se equivocaba.

3

Las huellas frescas de las herraduras en las calles de tierra humedecida por la escarcha condujeron a Marcos Diamant hasta un galpón lindante con el cuartel de policía. En el palenque, frente al portón, estaba atado el caballo del comisario Blanco. Como un junco entre los juncos, Diamant dio la vuelta al corralón oculto en los pajonales que lo rodeaban. Los cuatro lados verticales de aquel enorme cubo de ladrillo pelado no tenían una sola ventana. El portón de entrada tampoco mostraba resquicio alguno a través del cual pudiera verse hacia adentro. Se alejó unos pasos y desde esa perspectiva observó que en el techo de chapas oblicuas había un tragaluz.

Delgado y etéreo como era, Diamant usó las juntas profundas de los ladrillos como escalones, mientras se sujetaba con las manos a un caño pluvial que se alzaba hasta la canaleta del desagüe. Los fuelles de la chaqueta de caza no eran meros detalles decorativos; le permitían moverse con una soltura que el abrigo de calle no le habría concedido.

El ascenso parecía infinito. El suelo había quedado muy lejos y aún no veía el borde superior del paredón. La humedad y la helada hacían que se le resbalaran las manos alrededor del tubo. Los ladrillos añosos se desgranaban debajo de las suelas de las botas, mientras el pedregullo polvoriento caía al vacío. Diamant se tomó un respiro y, luego de llenarse los pulmones, continuó con la ascensión. Estaba por tocar la cornisa cuando una abrazadera del conducto se desprendió del ladrillo. De pronto, el caño de hierro se despegó de la pared. Diamant quedó colgando a más de quince metros de altura, sin tener otro lugar de donde sostenerse. Soltó la mano derecha y manoteó el reloj del bolsillo lateral. Desplegó la cadena, revoleó la máquina a guisa de boleadora y, sin soltar el broche del extremo, la lanzó hacia un fierro que surgía del paredón. El reloj giró alrededor del metal hasta quedar enredado. Tiró de los eslabones y comprobó que estuviera firme. Miró hacia el cielo oscuro, neblinoso, y agradeció en silencio a la memoria de su abuelo. Samuel Diamant, el padre de su padre, le había regalado en vida aquella cadena de oro puro, gruesa y maciza, que a él siempre le había parecido demasiado ostentosa. Musitó "*Oi, vey is mir*"[5] y se colgó de la cadena hasta que pudo alcanzar la vara de metal. Llegó a afirmarse, justo cuando el tubo se soltó y cayó estrepitosamente contra el angosto camino de cemento que circundaba el galpón.

En ese momento, Diamant pudo escuchar que se abría el portón y alguien corría a ver qué había sido ese estruendo. Desde lo alto, alcanzó a reconocer al comisario y otros dos policías que lo secundaban. Giraban sobre sí mismos, mientras escudriñaban entre la niebla y la penumbra. Dudó un momento. Se debatía entre quedarse quieto o trepar hasta alcanzar el techo. El riesgo de la primera opción era que lo descubrieran al levantar la vista; el de la segunda, que el movimiento produjera más ruido. Sin pensarlo, optó por la última. Consiguió hacer pie en la saliente y se impulsó hasta la cornisa desde la cual,

---

[5] Expresión en idish: "Ay de mí".

por fin, alcanzó el techo. Pero cuando supuso que estaba fuera de peligro, pisó una chapa floja. El estruendo sacudió un nido de lechuzas. Una de ellas voló y chilló amenazante sobre la rubia cabeza de Diamant.

—¡Otra vez esos pajarracos! —concluyó el comisario al ver el revoloteo de la lechuza. Entonces, dio la media vuelta y, secundado por sus hombres, volvió a entrar en el galpón.

Diamant se arrastró sobre los chapones endebles, oblicuos, hasta que llegó al tragaluz vertical de vidrio. Limpió la mugre ancestral con la palma de la mano y entonces pudo ver un escenario aterrador.

El lugar estaba iluminado por innumerables velas de diferentes tamaños, colores y texturas. Había cirios de iglesia, velones rústicos de sebo ordinario, candelas sobre botellas chorreadas con cera y antorchas de caña rematadas con mechas de trapo. En el centro del hemiciclo de fuego había un hombre amarrado a una silla. Tenía las manos atadas por detrás del respaldo, en una posición forzada, dolorosa, y los tobillos sujetos con alambres a las patas delanteras de la silla. Iluminado por las llamas vacilantes, el hombre tenía cortes sangrantes en la frente, los pómulos y las mejillas. Dos hilos rojos, paralelos, surgían de las fosas nasales y bajaban en cascada hasta el pecho y el vientre desnudo, agitado. Pese a que jamás lo había visto, Diamant dedujo que era Ramón Velázquez, el sospechoso de haber matado a los niños. El comisario, del otro lado de las velas, desde la semipenumbra, se examinó los puños amoratados.

—Mire cómo me ha dejado los nudillos —le reprochó al hombre, mientras se soplaba el revés de las manos.

Luego se envolvió los dedos con un trapo, volvió a cerrar los puños y se acercó al hombre esquivando las velas. Respiró profundo, se hizo sonar el cuello y le cruzó una lluvia de golpes sobre los pómulos abiertos hasta dejarlos en carne viva.

—¿Entonces? ¿Cómo fue que los mató? —interrogó el jefe.

—Yo no maté a nadie… —balbuceó Ramón Velázquez con un hilo de voz.

No llegó a completar la frase, porque una nueva sucesión de puñetazos le cruzó esta vez el mentón.

—¿Entonces? —repitió el comisario.

Diamant, influido como estaba por sus traducciones del teatro griego, por un momento creyó que aquello era la representación de *Prometeo encadenado*. Tal como en la obra atribuida a Esquilo, el hombre atado cual portador del fuego era martirizado por Kratos y Bía, o sus advocaciones Fuerza y Violencia. Como en un escenario, fuera del área tenuemente iluminada, a espaldas de Velázquez, en los ángulos posteriores del galpón, había dos hombres que sujetaban sendas cuerdas enrolladas en las manos. Las sogas, tensas y gruesas, se elevaban hacia las alturas del techo en penumbras. Desde su perspectiva, Diamant no llegaba a ver qué eran los bultos que sostenían justo encima de la cabeza del hombre atado.

—Yo no quiero hacer esto, pero usted me obliga, Velázquez —le advirtió el jefe de la policía local.

A Diamant lo asaltaba el impulso de gritar, de abalanzarse sobre el comisario y detener aquella carnicería. Sin embargo, la voz de la razón le decía que, si intervenía, en ese mismo momento habría de firmar su propia sentencia de muerte y también la del sospechoso. Ni siquiera la idea de que ese hombre pudiera ser el asesino de dos niños indefensos y el atacante de la madre de los pequeños lo liberaba del instinto talmúdico de impartir justicia e interrumpir los tormentos. Pero, además, tenía serias dudas de que ese hombre fuera el criminal.

Desde su posición en las alturas, las voces le llegaban amplificadas a través de los respiraderos. Podía oír con claridad los diálogos, el resuello agónico de Ramón Velázquez y el sonido seco del impacto de los puños contra los huesos. El comisario sabía que ya no tenía sentido seguir pegándole; cuando el dolor alcanza el umbral, la carne se vuelve insensible; el organismo primero libera humores anestésicos y luego desconecta la conciencia. El hombre estaba transitando ese camino.

El jefe policial, lejos de apiadarse, decidió cambiar la estrategia. Se apartó del hemiciclo iluminado y en ese preciso momento, de la tripa de la oscuridad, surgió la silueta de una mujer envuelta en una túnica negra y la cabeza cubierta por un pañuelo morado. Era una anciana cuyas arrugas, que se dirían centenarias, arqueológicas, dibujaban un gesto maléfico, aterrador. Diamant no pudo evitar ver en ella a Hécate, la hechicera. Era como presenciar el pasaje de *Medea*, de Eurípides, cuando la hija de la ninfa Idía preparaba sus conjuros. La mujer tomó un candelabro de tres brazos y la llama de las velas rojas, encarnadas, se reflejaron en la blancura acuosa de sus ojos muertos. Pese a que era ciega, dirigía la cabeza hacia el lugar preciso, como si pudiera ver a través de una piedra roja engarzada que tenía en medio de la frente, sujeta con una cadena por detrás de la nuca. Diamant, hombre racional, guiado por el pensamiento deductivo, no pudo evitar, sin embargo, un latigazo de miedo cuando la anciana elevó la cara hacia las alturas, exactamente hacia donde estaba él.

—Puedo sentir la presencia —dijo la mujer con una voz áspera, chillona y la boca despojada de dientes.

Ramón Velázquez miraba esa figura encorvada de pie frente a él a través de los párpados hinchados, tanto que apenas podía abrir los ojos a causa de los golpes. Con los brazos en alto, iluminada por la luz temblorosa de las velas, la anciana invocó el alma de los muertos.

—Te habrán de juzgar los muertos que mataste y te habrán de herir aquellos a los que heriste. No habrá paz en la Tierra ni en el Cielo hasta que el pecado sea confesado. No ante el cura, el padre, el hijo ni el espíritu santo. No ante el Señor de los infiernos. ¡Bajen del Cielo los muertos! ¡Hagan justicia los corderos inocentes! ¡Hagan tronar el escarmiento y laven la sangre con sangre! —bramó la mujer con los brazos en alto.

En ese momento, el hombre atado a la silla vio cómo los niños bajaban del cielo ante la invocación de la mujer. Degollados, ensangrentados tal como dejaron el mundo, así volvían a la Tierra. Como dos ángeles sufrientes, rotos, así descendían desde las alturas los hermanos Carballo. Flotando en el aire y vestidos de blanco, volvían entre las sombras los hijos de Francisca. El hombre rompió en un llanto desesperado, en un temblor que lo conmovió de pies a cabeza, mientras les gritaba:

—¡Yo no los maté! ¡No fui yo!

Entonces, en respuesta a la negativa, los niños suspendidos en la bruma de las antorchas y el humo de las velas comenzaron a sacudirse como poseídos. Movían los brazos y las piernas, mientras las cabezas pugnaban por desprenderse del cuello degollado.

—¡Ustedes saben que yo no los maté! —les imploraba Ramón Velázquez a los niños que flotaban y se zarandeaban junto a su cabeza.

Si los tormentos físicos a los que había sido sometido Velázquez eran inhumanos, el nuevo recurso para arrancarle una confesión era lisa y llanamente diabólico. Los cadáveres de ambas criaturas habían sido colgados del techo y los dos policías ocultos a espaldas del sospechoso los izaban, los arriaban y los sacudían con las cuerdas para que se movieran como marionetas fúnebres. Hasta entonces, Diamant tenía dudas sobre la culpabilidad de Velázquez; pero al verlo así, aterrado mientras les hablaba a los cuerpos creyéndolos resucitados, casi se convenció de su inocencia.

El comisario se acercó a su sospechoso y le mostró los papeles con la confesión de los asesinatos.

—Solo tiene que firmar al pie —le dijo, ahora con tono paternal—. Déjelos que vayan al Cielo en paz, pídales perdón. Confiese o nunca lo dejarán tranquilo. Volverán una y otra vez. Confiese, Velázquez, confiese.

—Yo no los maté. Ellos lo saben. Yo no los maté —sollozó el acusado.

—Tiene hasta la salida del sol para confesar —le dijo el comisario, le palmeó la espalda dolida y lo dejó atado en la silla en la macabra compañía de los niños muertos que colgaban uno a cada lado de su cabeza.

—Yo no los maté —dijo el hombre en un hilo de voz, mientras el jefe de policía dejaba el galpón para ir al cuartel. Caminaba con entusiasmo.

4

Mientras Marcos Diamant presenciaba la mefistofélica sesión de torturas a Ramón Velázquez, Juan Vucetich se disponía a levantar las huellas digitales de la escena del crimen. Ante los ojos llenos de incomprensión de los agentes de consigna, el inspector abrió el maletín y desplegó los instrumentos dactiloscópicos. Luego del espectáculo de la linterna, los policías observaban como si asistieran al segundo acto de un número de prestidigitación.

—Sería bueno que tomaran nota y aprendieran. Con suerte, pronto ustedes mismos deberán tomar los registros dactilares —les dijo a los agentes que no se atrevían a pronunciar palabra.

El inspector se calzó los lentes, se volvió a colocar los guantes blancos y, con el ánimo pedagógico que lo caracterizaba, prosiguió:

—En primer lugar, hay que localizar las huellas que se perciben a simple vista, sin la necesidad de emplear elementos para revelarlas —dijo a la vez que señalaba las huellas de sangre que podían verse en la ventana, la pared y en el marco de la puerta—. Esas, las visibles, son en sí mismas una evidencia que se puede cotejar con las manos de los sospechosos. De manera que las dejamos donde están y vamos a buscar las otras, las que no vemos, las que llamamos huellas latentes.

Vucetich extrajo del maletín cuatro frascos de vidrio que contenían polvo de diferentes colores: negro, compuesto por negro de humo y grafito; blanco, hecho de talco y yeso; rojo, de resina de dracaena, y gris, de limadura de aluminio.

—La importancia del color estriba principalmente en el contraste con el de la superficie. Si vamos a extraer huellas de un objeto blanco, como la pared, aplicamos polvo negro. Al contrario, en un área oscura, como la madera del marco de la puerta, aplicamos polvo blanco. Si el hecho sucedió hace mucho tiempo, es preferible utilizar el polvo gris, que es mucho más adherente. Y en el caso del vidrio o el mango de la pala, que está demasiado pulido por el uso, aplicamos el polvo de sangre de drago.

—¿Sangre de dragón? —preguntó espantado uno de los agentes.

—No exactamente; "drago", "sangre de drago"; pero tal vez… Vea, este polvo —ilustró el inspector mientras sostenía el frasco de contenido rojo— se extrae de la savia colorada de una planta: la dracaena. Y el nombre deriva del griego, *drakaina*, es decir, propio o referente al dragón. En las islas Canarias, de donde proviene, este árbol fue considerado un monstruo dormido y, según decían, tenía propiedades mágicas.

—¿Y es verdad? —preguntó el otro policía.

—Ya lo creo; se sorprenderá de lo que es capaz —dijo. Abrió el frasco, espolvoreó el mango de la pala y, luego de quitar el excedente con un pincel suave, se hizo el prodigio.

De pronto, surgió en la superficie de la madera la marca de una mano completa que rodeaba el mango. Se habría dicho que un fantasma hubiera tomado la pala y manifestara su presencia con su huella. Los agentes se miraron entre sí con un silencio hecho de pavura, al tiempo que Juan Vucetich iluminaba la pala con ese instrumento mágico que irradiaba un haz de luz plateada y perfecta. Pero aún faltaba lo más asombroso. Vucetich tomó un celofán transparente que tenía la propiedad de adherirse a cualquier superficie. Este era un material novedoso que había sido desarrollado por Horace Day, un cirujano que lo utilizaba como esparadrapo para adherir vendajes a la piel. Tomó el parche incoloro, lo presionó sobre una de las marcas que habían surgido con el polvo rojo y al despegarlo de la madera, ¡milagro!, la huella del dedo quedó atrapada en el pegamento. Vucetich adhirió el celofán a un cartón blanco y, con un lápiz, anotó debajo de la huella digital: "Impresión pala".

—Esto nos dice al menos dos cosas: primero, la posible identidad del asesino; segundo, nos da una secuencia de los hechos. La pala no tenía huellas de sangre, a diferencia de la pared, el marco de la ventana y los vidrios. Esto quiere decir que el asesino primero tomó la pala, trabó la puerta con ella, después atacó a las víctimas y luego salió por la ventana. De otro modo, el mango también debería tener huellas de sangre.

Juan Vucetich repitió la operación en los diversos objetos de interés. Los policías miraban asombrados cómo surgían huellas en los lugares más inesperados. Cuando guardó los registros en el maletín, los agentes supusieron que el inspector había terminado la tarea y se dispusieron a volver a su consigna fuera de la casa. En realidad, necesitaban tomar aire. Pero en el momento en que estaban por abandonar el cuarto, Vucetich les ordenó que se quitaran los guantes. Los agentes dudaron. Uno de ellos, en un conato de rebeldía, cruzó las manos por detrás de la espalda.

—¡Es una orden! —bramó Vucetich, con una voz que contrastó con su reciente tono didáctico. Los policías se sintieron intimidados, además, por el rigor del ceño y el brillo feroz en sus pupilas.

Ante la ausencia del jefe de la policía local, adiestrados para obedecer, los agentes finalmente accedieron. El inspector retiró la pava que reposaba en la periferia del círculo superior de la salamandra. La había colocado de modo tal que el agua se mantuviera caliente, pero sin llegar a hervir. Volcó el agua humeante dentro de una jofaina enlozada y les alcanzó un pan de jabón blanco. Con el mismo tono imperativo, les exigió que se lavaran las manos. Los agentes locales se miraban entre sí con un gesto infantil; a fin de cuentas, se trataba de una orden que no recibían desde que eran pequeños. Pero, además, ignoraban qué se proponía ese oficial de aspecto algo excéntrico. De pronto, las manos se habían convertido en una suerte de obsesión: había que protegerlas con guantes, mantenerlas fuera del contacto con los objetos y ahora someterlas a examen. Mientras se enjuagaban, el inspector les dijo con una voz entre pedagógica y severa:

—Este procedimiento también deberán aprenderlo muy pronto. Presten atención.

Los agentes no eran conscientes del privilegio que significaba que el mismísimo padre de la dactiloscopía les enseñara el método que sería la gran bisagra en la historia del crimen. A menos, claro, que fueran los autores de algún delito.

—¿Acaso somos sospechosos? —preguntó el policía más voluminoso.

Juan Vucetich no contestó. Lo miró fijamente a los ojos y prosiguió como si no hubiese escuchado.

—El lavado debe ser profundo, pero no tan prolongado como para que los pulpejos de los dedos se arruguen. El agua tiene que estar caliente, pero sin llegar a quemar las manos —instruyó el inspector.

Luego tomó una toalla y, cual nazareno, le envolvió las manos al policía más adusto y se las secó con la fruición y la delicadeza de una madre. El agente, moreno, rústico, indómito, se resistía al contacto de las manos de otro hombre con un gesto aprensivo. El compañero esperaba su turno con resignación, como un potro arisco que fuera a ser montado. Hecho esto con ambos, Juan Vucetich se acomodó los anteojos de marco dorado. Sin soltarle las manos, examinó, uno por uno, los extremos de los dedos del policía.

—Este paso es fundamental —ilustró—. Si las yemas estuviesen deterioradas a causa de ciertos trabajos manuales, como en este caso —dijo mientras consideraba los dedos maltratados—, se utilizará el siguiente procedimiento.

Extrajo una piedra pómez del maletín y dijo:

—Con un leve pulido se eliminarán las alteraciones accidentales y se obtendrán impresiones clasificables. En caso de un resultado, digamos, relativo, que ocurre de vez en cuando, se reservará la ficha y después de tres o cuatro días se tomarán las impresiones de nuevo.

El policía se sintió aludido, como si el inspector se quejara del estado ruinoso de sus dedos. En un arrebato de orgullo dactilar, protestó:

—¿Qué tienen de malo mis dedos?

Sin mirar al agente y dirigiéndose al otro, Vucetich explicó:

—Si el sospechoso se resistiera a que le tomaran las huellas, se procederá a esposarlo con las manos por delante para extraer las impresiones —dijo, mientras hacía la mímica como si el policía fuese un reo.

Ante la nada velada amenaza, el agente decidió llamarse a silencio.

—Veamos ahora cómo se toman las impresiones digitales —dijo el inspector y volvió a abrir el *nécessaire* de cuero rígido.

Los agentes miraban extrañados cómo tomaba una plancha de mármol cuadrada cubierta de cobre.

—Si esta mesa estuviese en un gabinete, habría que fijar la plancha con tornillos a la tabla dactiloscópica. Pero con su ayuda —le dijo al policía que tenía las manos libres— podremos mantenerla firme. —Luego sacó de la valija un pequeño rodillo de gelatina, como los que usaban los tipógrafos, y una planchuela de madera, también cubierta de cobre.

—Y esta es la pieza más importante —agregó, y extrajo una tabla de madera rectangular con cinco canaletas de sección semicircular.

Abrió un frasco con tinta de imprenta y extendió una pequeña cantidad sobre el rodillo. Entonces hizo correr el cilindro sobre la plancha de mármol hasta que se formó una capa delgada y homogénea. Con el rodillo embebido entintó la planchuela de la misma forma. Volvió a sujetarle la mano al agente y, como un padre que jugara con su hijo pequeño, le tomó el dedo pulgar derecho y apoyó la yema sobre la planchuela. Con un movimiento lateral de vaivén, le dejó el pulpejo completamente negro desde la articulación hasta la extremidad.

—¿Y para qué me he lavado las manos? —le preguntó el agente indignado.

—Usted no se lavó nada, yo se las lavé. Y la falta que le hacía —corrigió el inspector y continuó—. Es fundamental el modo en que se toman los dedos: siempre desde los costados, a la altura de la tercera articulación, segunda del pulgar, y guiando los movimientos con el índice, de modo que la capa de tinta sea pareja en toda la superficie —decía, mientras el policía miraba con gesto de rechazo el modo en que el inspector le teñía los dedos.

Solo entonces, Vucetich tomó la ficha impresa que él mismo había diseñado. Aunque la modestia le impidiera decírselo a cualquiera, tenía la certeza *in pectore* de que esa era su verdadera obra maestra: la ficha que permitía conservar el registro único y diferencial de cada persona.

—Que cada individuo tenga un sello singular e irrepetible en las puntas de los dedos es, en sí mismo, un descubrimiento asombroso. Que cada persona deje huellas invisibles de todas sus acciones es poco menos que un prodigio de la naturaleza. Que el ingenio humano haya podido volverlas visibles es una conquista del conocimiento. Que esos registros puedan extraerse de los objetos mediante una técnica simple es un enorme avance. Pero que se pueda establecer un registro universal de lo más singular de cada persona y reconstruir sus actos a partir de las huellas es… —iba a decir "un milagro", pero se llamó a silencio ante semejante acceso de soberbia.

Ese era su mérito exclusivo: aunar todos esos conocimientos e idear un sistema de registro. Significaba cerrar un círculo que se iniciaba en la cifra determinada por la biología, se trasladaba a los objetos y, después de ser clasificada, finalmente podía ser descifrada por la inteligencia humana.

—Es como si Dios hubiese puesto una firma única en las manos de cada persona para, llegado el caso, reconstruir y juzgar sus actos —concluyó Vucetich sin pretender ser ceremonioso.

—Está escrito en la Biblia —dijo el policía que ya empezaba a caracterizarse por su misticismo. Sin salir de su asombro, con los labios temblorosos, recitó—: "Él sella la mano de todo hombre, para que todos conozcan su obra".

—Exacto, mi estimado, capítulo 37 del Libro de Job —confirmó el inspector.

De pronto, la expresión del agente se reconcentró en el ceño con un gesto de preocupación. Miró las huellas hasta entonces invisibles que habían surgido por todas partes y brillaban blancas sobre negro. Lo invadió una sensación de asfixia y opresión. Intentó recordar en cuántos lugares había dejado los registros de todos sus pecados y malas acciones. Una cosa era el arreglo íntimo que tenía con Dios a través de la confesión y las oraciones, y otra la mirada y el juicio de los hombres. Tuvo la desesperante revelación de que estaba poniéndole la firma a todos sus actos reprochables, secretos, clandestinos, vergonzantes e, incluso, aquellos que estaban castigados por la ley.

Mientras el policía intentaba recordar la lista completa de sus faltas, Vucetich les explicaba a los agentes el prodigio que se encerraba en las puntas de los dedos. En cada mano, incluso las de las personas más repugnantes, estaba presente el número de

Dios. La proporción áurea que regía las formas del universo deter-
minaba también el sello particular y distintivo con el que todo
ser humano rubricaba sus obras.

El sistema creado por Vucetich era la conclusión de un largo camino que se había iniciado en los albores de la historia.
Mientras completaba el sencillo acto de tomar las huellas, podía
resumir la aventura de la interpretación de los rastros humanos
en el mismo lapso en que se contaban los diez dedos de ambas
manos. Antes de la escritura fue la firma estampada con los dedos. Las palabras escritas podían expresar la verdad u ocultar
detrás de sí la mentira. Pero el registro de un solo pulgar era
más verdadero e irrebatible que la historia universal.

Mientras Vucetich explicaba cómo plegar la ficha antes de
tomar las impresiones, les mostraba a los agentes los espacios re-
servados a cada dedo con el nombre de los dígitos impresos en
su respectivo casillero. Los policías asentían como si entendie-
ran, pero, en realidad, ninguno de los dos sabía leer ni escribir. El inspector pudo comprobar, con desazón, que la policía
científica que imaginaba estaba muy lejos de materializarse.
Pese a todo, nunca resignaba el afán pedagógico. Colocó la
ficha sobre el taco de madera acanalada de modo que se imprimiera primero el lado correspondiente a la mano derecha.
Entonces quedó perfecta y claramente transferida la impresión
digital en el cartón. Cada vez que veía el dibujo de una huella
debía morderse los labios para no exclamar *eureka* a voz en
cuello. Tenía la convicción, en efecto, de haber completado un
trabajo de siglos.

El policía que esperaba su turno se miraba los dedos con
una actitud simiesca, mientras intentaba mantener en la memoria cada uno de los pasos. El inspector trabajaba con escrúpulo.
Lejos de tomarse esas maniobras como algo que pudiera des-
merecer su cargo, intentaba poner en evidencia la importancia
crucial de esa tarea. Tenía la convicción de que su técnica no

solo era una puerta hacia el futuro. A la vez que transfería las muestras a los casilleros, Vucetich relataba cada mojón de aquel recorrido milenario:

—Existen antiguos tratados de anatomía que incluyen observaciones en torno de las volutas de la piel del pulpejo de los dedos.

En rigor, esa extensa historia podía resumirse en diez acontecimientos, coincidentes con los dedos de una mano. A medida que tomaba los registros de cada dígito del policía, Vucetich evocaba los personajes y los hitos que los precedieron.

Mientras estampaba el pulgar entintado del agente, recordó las tablillas de barro con las marcas de los dedos que se usaban para asentar transacciones comerciales en la antigua Babilonia. Aunque lo ignorara, la huella del índice del policía señalaba los viejos cedularios legales de la dinastía Qin, del 200 antes de Cristo. Aquellos grabados de barro conservaban las huellas de las manos como evidencia en causas por robos. El dedo mayor del policía coincidía con el alto hito de una *Historia Universal* persa del siglo XIV en la que se mencionaba la identificación de las personas a partir del dibujo de los dedos. El anular se correspondía con la publicación de las observaciones de Nehemiah Grew sobre las volutas de la piel del pulpejo de los dedos en el siglo XVII. Cuando estampó el meñique del policía, el inspector recordó a Govard Bidloo y su *Anatomía del cuerpo humano* de 1685, en la que incluyó una descripción de las crestas papilares, con ilustraciones muy precisas.

Al concluir con el registro de una mano y proseguir con la otra, contó desde el pulgar al meñique a Marcello Malpighi, Johann Christoph Andreas Mayer, Jan Purkinje, Hermann Welcker y Francis Galton, primo de Charles Darwin, a quien el inspector consideraba su maestro. Todos ellos habían iluminado el camino que continuó Juan Vucetich.

Cuando terminó el recuento de sus antecesores con los dedos de ambas manos, notó que había dejado afuera a Bertillon.

El famoso Alphonse Bertillon, aquel a quien comenzó considerando su maestro y habría de convertirse en su enemigo más encarnizado.

En el mismo momento en que Juan Vucetich retiró la ficha que descansaba sobre el taco, escucharon un estruendo en la puerta, como si alguien quisiera tirarla abajo. Cuando se dieron vuelta, vieron que entraban violentamente dos hombres.

—Soy el fiscal Hermes D'Andrea y él es mi asistente —se presentó sin ninguna cortesía—. Inspector Vucetich, usted no tiene competencia en esta jurisdicción. No puede intervenir en la causa que instruyo, ni tomar declaraciones o relevar pruebas. Mucho menos, con procedimientos que no están autorizados en ninguna normativa. Me veo obligado a decomisar los elementos ajenos al trámite procesal y a las actuaciones legales vigentes.

El fiscal ordenó a sus hombres que incautaran todo el material del dactiloscopista, incluidos los registros digitales que acababan de tomar. Los agentes dudaron unos momentos; no sabían a quién obedecer.

—¡Muévanse, par de zurcefrenillos! —les gritó el fiscal ante la falta de reacción.

Obedecieron sin entusiasmo. El contraste en el trato entre ambos funcionarios de pronto se hizo notorio; los agentes entendieron de súbito cuál era la diferencia entre la policía, eso que eran ellos, y la policía científica, eso que jamás habrían de ser.

Vucetich vio con desasosiego cómo el fiscal lo despojaba de su laboratorio de viaje. El *nécessaire* y todos los utensilios, en última instancia, pensó, eran reemplazables. Pero los registros digitales eran fundamentales. Se estaban llevando, literalmente, las huellas del asesino.

Francisca Rojas, que yacía inerte en el mismo cuarto de la tragedia, era testigo silenciosa de la nueva infamia que debía soportar la memoria de sus hijos asesinados.

5

Despuntaba el alba. Juan Vucetich y Marcos Diamant se disponían a desayunar en la amplia veranda vidriada del Hotel Victoria. Miraban el paisaje agreste en silencio. A un lado, se veía el mar encrespado y al otro, la pampa virgen. Esa imagen desolada era una extensión del ánimo del inspector y su ayudante. En su larga vida dentro de la policía Vucetich había visto muchas cosas sórdidas, pero nunca habría podido concebir que alguien llegara a utilizar cadáveres de niños para fraguar una acusación. Tenían la moral quebrada y las manos vacías; un triste fiscal de pueblo los había dejado fuera del caso aún antes de entrar.

—Esta era la última oportunidad para convencer al presidente —empezó a decir Diamant con tono melancólico cuando el inspector, literalmente, le tapó la boca con la mano.

—¡No vuelva a mencionar al presidente! —le dijo en un grito asordinado, rojo de furia y preocupación, mientras miraba a uno y otro lado.

—No hay nadie cerca, no nos escuchan —intentó calmarlo Diamant haciéndole notar que eran los únicos comensales en el salón.

—Puede haber ojos y oídos en cualquier parte. Nadie debe saber quién nos envió ni para qué.

Detrás del viaje de Juan Vucetich a Necochea había un secreto que debía permanecer bajo la más hermética reserva. No lo conocía el comisario Blanco ni las demás autoridades de la ciudad. No podía enterarse ni siquiera el intendente. Nadie, en rigor, debía saber que el inspector había sido enviado por el presidente de la República. Carlos Pellegrini había resuelto encomendar al más experimentado de los investigadores para que resolviera el asesinato de los niños con un método que prometía revolucionar la criminología.

—Usted no entiende que es una cuestión política. Un fiscal de provincias no puede pasar por encima del presi... —se interrumpió Diamant, bajó la voz aún más y completó en un murmullo—: dente de la nación.

—El que no entiende es usted. A esta gente no le importa quién esté en el gobierno. Ellos, los burócratas, los funcionarios en las sombras, son el verdadero poder; permanecen siempre, flotan —dijo Vucetich, señalando una boya lejana que se balanceaba indolente entre las olas furiosas.

El presidente Pellegrini atravesaba el peor momento desde el comienzo de la gestión. Enfrentaba la crisis más grave en medio de sublevaciones y levantamientos.

—El gobierno se hunde, le entra el agua por todos lados; nos están usando, a usted, a mí, a cualquiera. La política no tiene escrúpulos. No le interesa la ciencia ni los niños muertos. Necesita mostrar acciones, hechos, algo providencial que salve al gobierno del naufragio. Somos un bote salvavidas, nada más —se lamentó Diamant.

Era cierto. Desgastada y bajo presión, la administración de Carlos Pellegrini necesitaba generar un hecho que modificara la agenda en el frente interno y externo. Un acontecimiento que inflamara el sentimiento nacional y revirtiera la sensación de desencanto y frustración que se extendía en la sociedad. La resolución de estos crímenes horrorosos podía ser la ansiada llave que pusiera el cerrojo al caos político doméstico y a la vez abriera las puertas del mundo.

—Es verdad, nos quieren usar. Y eso es lo único que yo quiero; que me usen, que usen nuestro método, que podamos demostrar que estamos varios pasos adelante de Francia y de Inglaterra. Por eso, sobre todo por eso, es importante guardar la discreción —dijo Vucetich en un acalorado susurro.

Por aquellos días se había iniciado una carrera internacional. El nombre de esa disputa, que por momentos cobraba ribetes de guerra, sonaba algo rimbombante: Tecnologías de Identificación Biométricas. La embajada de Inglaterra observaba con indiscreción, al borde del espionaje, los avances de las técnicas dactiloscópicas a cargo de la oficina creada por Vucetich. Aunque se considerara a sí mismo como un inspector, Juan Vucetich era mucho más que un simple investigador policial. El año anterior, en 1891, había creado la Oficina de Identificación Antropométrica y el Centro de Dactiloscopía del que, a la sazón, era director. En silencio, sin grandes declaraciones, había confeccionado las primeras fichas dactilares del mundo con las huellas de veintitrés procesados. Nunca hacía ostentación de su cargo; al contrario, prefería pasar inadvertido.

Por esos mismos días, Gran Bretaña estaba desarrollando su propio sistema de identificación en sus colonias de Bengala y la India. Francia, España e Italia, cada una con diferentes técnicas, avanzaban en un camino tortuoso con más fracasos que éxitos.

—¿A usted le parece que en este desierto podría haber agentes extranjeros? Por eso nos enviaron, porque a este paraje en el borde del mundo no deben llegar ni los diarios —dijo con desprecio Diamant.

Antes de que el ayudante terminara la frase, Vucetich pudo ver que un hombre corpulento, de barba clara prolijamente recortada, como dibujada a pincel, entraba en el salón. El inspector y el ayudante se llamaron a silencio. El hombre dio una vuelta sobre sí mismo, como si buscara a alguien, saludó amablemente tocándose el bombín y salió por donde había entrado. Solo entonces retomaron la charla.

—Los largos brazos de Albión y Marianne pueden abrazar al mundo entero; debemos ser cautelosos —dijo Vucetich cuando volvieron a quedarse solos en la veranda.

Marcos Diamant asintió, no sin cierto fastidio, como un niño que fuera retado.

—Además —continuó el inspector con su filípica—, si el comisario o el fiscal se enteran de que nos manda el Ejecutivo nacional vamos a tener un conflicto jurisdiccional.

Juan Vucetich era empleado de la policía de la provincia de Buenos Aires. La designación por parte del presidente lo colocaba en un limbo supraterritorial por encima de la policía provincial y la federal. La proverbial rivalidad entre las fuerzas podría dejar a Vucetich a tiro del resentimiento de ambas. Una línea de fuego en la que nadie querría estar.

—Hay muchas envidias y recelos. Por otra parte, hoy cualquier cabo de policía se cree Auguste Dupin —convino Diamant.

Eran los días del nacimiento de la policía científica. Las incipientes técnicas de investigación hacían que los artículos policiales de los principales diarios del mundo se convirtieran en sagas literarias, verdaderos folletines de suspenso. Cada lector se creía un detective; en las oficinas, en el estaño de los bares, en las mesas familiares, todos hablaban de "el expediente" y señalaban que Fulano era culpable; Mengano, inocente, y Sutano, sospechoso.

—Pero estas pobres criaturas, como son ignotas y miserables, no le interesan a la prensa —se lamentó Vucetich sin poder liberarse de aquella imagen de los chiquitos colgando del techo que le había narrado Diamant.

—Sí, es verdad; además, el cataclismo político ocupa todas las primeras planas.

—Por eso nos han enviado, mi estimado, para volvernos invisibles —le recordó el inspector.

El gobierno argentino tenía buenas razones para interesarse en esos asesinatos acaecidos en un lugar remoto, cuyas víctimas no gozaban de ninguna celebridad. Tal como decía Vucetich, el anonimato y la lejanía de la gran ciudad dejaban el caso fuera de los focos de atención y la investigación podría llevarse adelante discretamente.

—Más allá de las miradas curiosas de afuera, usted sabe que hay quienes, incluso muy cerca del gobierno, se oponen a establecer un método de identificación general de las personas —dijo Vucetich en un murmullo.

En efecto, no pocas organizaciones consideraban que obtener registros de la identidad de los ciudadanos era abusivo y contrario a los derechos y garantías civiles. De hecho, algunos legisladores de la Unión Cívica habían puesto el grito en el cielo ante la creación de la oficina de investigaciones antropométricas por considerar que "llevar un registro de huellas dactilares era una forma de marcar y poner estigmas a personas que probablemente nunca hayan cometido un crimen ni lo vayan a cometer jamás".

Apartados del escrutinio público y las intrigas políticas, Juan Vucetich y su ayudante Marcos Diamant se proponían dilucidar el caso que, lejos de la convicción del jefe de la policía local, parecía menos sencillo de lo que supusieron al principio. Que Necochea fuera un pueblo chico no estaba facilitando las cosas. Los enviados del gobierno nacional empezaban a descubrir que existían muchos motivos en aquel infierno grande para que el caso se archivara lo más pronto posible.

6

Juan Vucetich y Marcos Diamant miraban la planicie virgen que se iniciaba en los fondos del Hotel Victoria y se perdía más allá del horizonte.

—Nos quieren lejos —murmuró el inspector.

Diamant asintió en silencio. Los primeros rayos de sol disipaban la bruma y le devolvían los colores a las cosas a medida que se derretía la escarcha. Del otro lado del médano, ahí donde terminaba el parque del hotel, se iniciaba la playa infinita, agreste y ondulada, como un desierto que se precipitaba en el mar. La escollera dividía el océano en dos: de un lado, el agua se veía como un estanque azul y quieto; del otro, el mar era un monstruo oscuro que atacaba con olas de espuma rabiosa la pared norte del espigón.

Las palmeras traídas desde Marruecos al puerto de Quequén y plantadas en los jardines del hotel contribuían a configurar un paisaje onírico. Los molinos propios de la pampa montaraz se mezclaban con las mansiones victorianas, cuyas cúpulas de pizarra oscura se disputaban la mejor vista del mar. Más allá, hacia el oeste, una sucesión de buques fondeados en la dársena ofrecía un paisaje portuario que completaba aquel cuadro escenográfico.

El Hotel Balneario Victoria era un gigantesco palacio entre las dunas. Los investigadores esperaban encontrarse con un hotel vacío; era un invierno particularmente frío y la temporada estaba muy lejana. Sin embargo, se sorprendieron al ver que las mesas del salón se iban poblando de turistas. Había algo extraño en todos ellos. La mayoría, tanto hombres como mujeres, estaban envueltos en batones de toalla blancos. No mostraban el entusiasmo de quien disfruta de unos días de descanso y tranquilidad. Tenían una palidez algo mórbida, ojeras trasnochadas y alternaban café negro, *croissants* y tabaco tempranero. Luego, desaparecían. No se los veía en la playa ni en los lugares comunes del hotel, como si de pronto se los tragara la tierra. Más tarde Vucetich y su asistente habrían de descubrir que, en efecto, esta no era una expresión retórica: se los tragaba la tierra de manera literal.

Quequén era una ciudad naciente que tenía todo para convertirse en la perla del sur: un puerto de aguas profundas, las playas más extensas de la costa atlántica, llanuras infinitas y un entorno solitario, ideal para que la aristocracia porteña pudiera hacerse su lugar de retiro lejos de la ciudad. Por entonces se acababa de terminar el tendido ferroviario que unía el puerto de Quequén con Buenos Aires. Los ocho días que se demoraba en llegar en barco o en carreta se reducían a solo doce horas con el tren. Ante semejantes promesas, era natural que viajaran hombres de negocios, constructores e inversionistas. Sin embargo, la fauna pálida que se paseaba envuelta en batas blancas le confería al hotel, de aspecto sobrio y arquitectura italianizante, la apariencia de un instituto frenopático o un elegante hospital neuropsiquiátrico.

—¿Esto parece un manicomio o es una impresión mía? —le preguntó Marcos Diamant a Vucetich mientras apuraba una taza de café negro, al tiempo que seguía con la mirada a un par de mujeres que cruzaban el salón como autómatas.

Habida cuenta de las funestas circunstancias que habían motivado el viaje, todo parecía estar teñido con el rojo de la sangre y el negro de la muerte.

—Si se refiere al mundo, mi estimado Diamant, ojalá así fuera. Al menos tendríamos la esperanza de que alguien encontrara la cura. El mundo se ha convertido en una inmensa e interminable saturnal, un aquelarre de dementes sin arreglo. Y este lugar no será la excepción.

El inspector sostenía un viejo diario abierto, iba y volvía sobre las letras sin leer; no podía dejar de pensar en el asesinato de los niños Carballo. La principal, si no la única razón por la que habían ido hasta allí era tomar las impresiones digitales. Se resistía al hecho de que el fiscal, un triste funcionario local, les hubiera robado —esa era la palabra que, según el inspector, definía el asunto— todos los registros.

Desde el otro lado del vidrio de la veranda, los investigadores vieron entrar el carro de la policía. El coche traspuso la tranquera, ingresó en el camino de grava, dio la vuelta a la pequeña rotonda y se estacionó debajo de una de las palmeras. Además del cochero, el comisario venía con cuatro acompañantes. A juzgar por el paso moroso de los caballos, no se trataba de una urgencia, sino de una exhibición de autoridad. El jefe descendió de la carreta con los demás policías que caminaban unos pasos más atrás. Algunos de quienes deambulaban por el salón, al ver la llegada de los agentes, empalidecieron aún más y apuraron el paso hacia los cuartos. El conserje salió al encuentro del comisario, mientras el botones le abría la puerta y lo invitaba a pasar con una sonrisa. Luego apareció José Cano, el administrador. El jefe Blanco y Cano se apartaron de los demás hacia un extremo del mostrador de la recepción. El comisario hablaba con gestos ampulosos, mientras el administrador asentía con el ceño severo. Finalmente, Cano le señaló al policía el pasillo que conducía al salón. Uno de los agentes le dio un folio al comisario y el botones lo acompañó hasta al comedor.

Al ver a Vucetich y Diamant, el jefe de policía entró en la veranda, se acercó con un taconeo sonoro y, sin saludar, les dijo:

—Tengo novedades.

—Por favor, siéntese, acompáñenos con un café —invitó el inspector.

—No, muchas gracias. No les quiero robar su valioso tiempo. Sé que son hombres muy ocupados. Seré breve: ya no serán necesarios sus servicios, inspector —dijo el comisario, mientras abría el folio y le mostraba la declaración del sospechoso—. Ramón Velázquez finalmente confesó. El caso está cerrado.

Vucetich y Diamant se miraron y así, sin decir palabra, se reclamaron mutua discreción. Si realmente Velázquez había confesado, los dos sabían en qué condiciones el comisario le había arrancado la declaración. Hasta donde había podido ver y escuchar Diamant desde el tragaluz, el hombre no solo no se había declarado culpable, sino que todo el tiempo había insistido en su inocencia a pesar de las torturas. Juan Vucetich le había prometido a su colaborador que la profanación de los cuerpos de los niños no iba a quedar impune, que cuando estuvieran de vuelta en Buenos Aires iba a denunciar a Blanco ante el ministro y, si era necesario, ante el presidente. Pero debían administrar la indignación; eran conscientes de que ese no era el momento para desenmascararlo. Por una parte, nadie debía saber quién los había enviado y, por otra, eran dos simples mortales solitarios sin el apoyo ni los recursos mínimos en un lugar lejano y hostil.

—Comprenderá, señor comisario, que yo no puedo dar por cerrado el caso sin llevarme las muestras que me han encargado mis superiores —respondió Vucetich en tono sereno pero terminante; se limpió la boca con la servilleta y concluyó—: No me iré sin los registros que me ha quitado el fiscal.

El jefe de la policía se inclinó ante el visitante y, con el bigote pegado al oído, le dijo amenazante:

—Yo en su lugar tomaría mis petates y volvería hoy mismo a la capital. Ya no tienen nada que hacer por acá. Con la confesión del sospechoso, la investigación está terminada —insistió, mientras ponía la declaración frente a las narices de Diamant y le preguntaba—: ¿Sabe leer?

El colaborador aprovechó para darle una leída en diagonal al papel. En rigor, no se trataba de interpretar el contenido, sino la forma. En primer lugar, notó que no había firma, sino un simple garabato cuyo trazo no coincidía con la letra del cuerpo del texto.

—¿La declaración la escribió el propio Velázquez? —interrogó Diamant.

—Sí —respondió escueto el comisario.

El texto había sido escrito de corrido, con premura, y el trazo de quien cumple un trámite. Diamant sabía que la principal tarea de un policía era la de escribir informes, denuncias, diligencias, requerimientos del fiscal, partes de situación y notas en el libro de guardia. La figura del policía como un hombre de acción que enfrentaba el crimen a punta de revólver en medio de aventuras cotidianas solo sucedía en las novelas. La mayor parte de la vida de los agentes transcurría detrás de un escritorio. Y cuanto más encumbrado, más burocrático. Los comisarios se habían convertido en hombres de negocios. Y Blanco seguramente no era la excepción. Ramón Velázquez tenía unas manos gruesas, fuertes, forjadas en el trabajo duro. No había tarea de campo que no supiera hacer. Había sido peón, alambrador, cosechero, tropero. Acaso solo supiera escribir números con tiza para tomar medidas y sacar cuentas, pero no de corrido, con pluma y una caligrafía consistente como la que presentaba la declaración.

Para que una confesión tuviese valor legal debía estar escrita de puño y letra propios o haber sido transcrita por un funcionario público, refrendada ante notario en sede policial o judicial y debidamente rubricada. A simple vista, no se cumplía ninguna de todas estas condiciones. Un examen caligráfico somero indicaba que la letra no era la del sospechoso, no tenía la firma de un notario y, según había podido comprobar Marcos Diamant, el interrogatorio se había limitado a una sucesión de apremios no solo ilegales, sino perversos. Todo esto, además, fuera de la sede policial, en un galpón abandonado y probablemente usurpado por el comisario.

Diamant tuvo que apretar los labios para no dejar escapar una catarata de objeciones, argumentos en contrario y algún insulto que le había quedado atragantado desde el momento mismo en que tuvo el disgusto de conocer al comisario Blanco. Juan Vucetich, que podía adivinar cuando la sangre de su asistente se aproximaba al grado de ebullición con solo ver las venas inflamadas de la frente, intervino rápidamente para impedir que Diamant se fuera de boca.

—Le agradezco mucho la amabilidad de haberse molestado hasta acá para mantenernos al tanto, comisario Blanco.

—No tiene por qué. Permítanme que los acompañe hasta la estación. El tren vuelve hoy mismo a Buenos Aires —los despidió sin eufemismos señalando la puerta.

—Muchas gracias, pero no se preocupe por nosotros. Todavía tenemos algunos asuntos pendientes en Necochea —rechazó el ofrecimiento el inspector con una sonrisa amplia.

—No, no lo creo… —insistió el jefe de la policía local.

—Créalo, señor comisario —dijo con amabilidad el inspector Vucetich mientras él y Diamant se ponían de pie y luego se dirigían hacia la calle.

A medida que los investigadores avanzaban hacia el hall central, podían escuchar un alboroto creciente que provenía del exterior. Voces y gritos tumultuosos se superpusieron de pronto al grato sonido del mar que los había acompañado durante el desayuno. El graznido de las gaviotas y la solitaria sirena de algún vapor anclado en el puerto fueron superados por los ruidos de una turbamulta. Desde el otro lado de la puerta vidriada vieron una multitud que se apiñaba en la calle, más allá del ligustro. Apuraron el paso, intrigados. Cuando salieron, el gentío se tiró encima de ambos, mientras les gritaban y les mostraban pancartas con dibujos de manos abiertas, crispadas, y marcas de dedos, huellas digitales hechas con pintura roja que imitaba la sangre. Otros carteles decían "No queremos que nos marquen" y "Abajo la policía represiva". Pese a que llevaban las caras cubiertas con bufandas, gorros metidos hasta las cejas y pasamontañas, no era difícil para Vucetich adivinar que eran portuarios, grupos anarquistas y algunos obreros ferroviarios identificados con el anarcosindicalismo. Todos ellos, pese a las diferencias internas, mostraban su repudio a la pretensión del gobierno de tomar registros digitales a la población. El carácter secreto de la misión acababa de derrumbarse.

El inspector y su asistente caminaron en medio de aquel pasillo humano delimitado por un cordón de puños cerrados, pancartas sanguinolentas, insultos y miradas cargadas de hostilidad. Avanzaban como si pisaran descalzos una alfombra de cardos, púas y clavos. De pronto, desde el fondo de la multitud, vieron la figura de una mujer que se destacaba del resto. Tenía la cara cubierta con una suerte de velo y las manos extendidas hacia ellos con los pulpejos de los dedos pintados de bermellón. No era ese detalle, sin embargo, lo que la hacía sobresalir. No lucía particularmente alta ni voluminosa; al contrario, era delgada y etérea. Llevaba un vestido sencillo de una sola pieza, cuya falda le daba una apariencia vaporosa, como si se moviera sin tocar el suelo. Tenía el pelo recogido debajo de un pañuelo que mal podía contener una cabellera pesada, ondulada y muy rubia que le caía sobre la espalda.

Había en ella un calculado descuido. Se adivinaba que era tal el afán de "emancipación de los dictados de la moda", que estaba más pendiente de las tendencias parisinas que las mujeres a las que repudiaba solo para diferenciarse de ellas. Pero tampoco era el detalle de la ropa lo que hacía que se distinguiera de la turba. Había algo en el fondo de aquellos ojos claros, gringos, inocultables, una atracción gravitatoria, como un par de planetas parias que hubieran perdido su sol. En el ceño adusto, en la dureza de la expresión de las cejas oblicuas, desafiantes, en la tensión de las manos abiertas había una rabia ancestral, doliente, como si tuviese una espina clavada y suplicara con furia que se la quitaran. Así, con esa expresión iracunda, la mujer se abalanzó sobre Juan Vucetich y le estampó los dedos empapados de pintura en las solapas y sobre los hombros. Luego lo rodeó con los brazos y le dejó las huellas rojas en la espalda. Era tal la desesperación con la que se aferraba alrededor de su cuerpo, que el inspector pudo sentir el dolor de aquella joven que se protegía debajo de la coraza vindicatoria como una niña y ocultaba la cara detrás de un velo. No tuvo el impulso de protegerse ni de escapar de esos ojos ni de esas manos, sino de abrigarla en un abrazo protector. Nadie como él conocía ese dolor.

Vucetich se alejó de la multitud flanqueado por su asistente, con el abrigo lleno de estigmas rojos y la desconsoladora convicción de que este era un mundo de niños heridos, olvidados y asesinados.

7

El crimen de los hermanos Carballo se había convertido en el desvelo de Juan Vucetich. La imagen de los niños asesinados no solo lo atormentaba en la vigilia; lo asediaba incluso en los sueños. La infancia del inspector estaba hecha de retazos de niños muertos.

Con frecuencia Diamant sorprendía al inspector con la mirada perdida en un punto impreciso. Jamás cometió la impertinencia de preguntarle en qué estaba pensando. Cada vez que lo veía extraviarse en los vericuetos de la memoria, se lo quedaba mirando con idéntica melancolía. Vucetich se resistía a los recuerdos. Pero a medida que iba envejeciendo, se le hacía más difícil luchar contra la nostalgia. Cuando pensaba en su infancia en la isla de Hvar se preguntaba si acaso la memoria lo engañaba. ¿Era realmente tan hermosa como la rememoraba o el recuerdo estaba teñido por la belleza de la niñez perdida?

No era, sin embargo, un espejismo creado por las añoranzas de juventud. De acuerdo con los relatos de marinos de todos los tiempos, las islas dálmatas eran lo más semejante al edén. Juan Vucetich había nacido en el extremo occidental de aquel paraíso que se extendía como una Venus Anadiómena echada sobre el mar. Las aguas, que iban del turquesa al azul, parecían pinceladas salidas de la paleta del propio Apeles. Las suaves colinas, desde cuyas laderas balconeaban al mar las casas blancas con techos de tejas rojas y los barcos fondeados en la bahía, completaban el paisaje homérico.

Con la mirada vuelta hacia el mundo de las evocaciones, cerraba los ojos y miraba su infancia. Veía entonces al pequeño Iván. Corría libre, sacrílego, sobre la piedra de la historia. Pisaba con los pies descalzos, irreverentes, las remotas ruinas griegas de las épocas en que la isla se llamaba Phàros. Atravesaba con sus hermanos más pequeños los antiguos campos de batalla de las guerras ilirias. Saltaban sobre las lavandas silvestres que crecían entre las tumbas invisibles de los generales romanos que rebautizaron a la isla como Pharia. Iván y sus hermanos hundían los pies en las arenas que se habían disputado los piratas nerentinos y los navegantes venecianos. Como una exhalación, el grupo de niños emprendía el ascenso de la escalera de piedra que se iniciaba en la plaza. Alcanzaban la cima de la fortaleza española y desde lo alto se declaraban los dueños de la ciudad, de las islas y del mar.

Profanadores inocentes, medio desnudos, siempre se las ingeniaban para burlar la vigilancia del párroco y se escabullían entre los pasadizos de la iglesia de San Esteban. Una vez dentro, subían a la torre y le tiraban piedras a la campana para hacerla sonar.

Con esa misma insolente alegría, recorrían la boca abierta hacia el mar del edificio del Arsenal y, sin galas ni camisa siquiera, se colaban en el antiguo teatro. Antes de que el sereno los corriera, se trepaban al escenario, declamaban alguna frase grotesca y ensayaban un paso de baile como bufones.

Al atardecer, el mar. Siempre, el mar. Con la piel dorada por el sol, saltaban sobre la cresta blanca de las olas desde las rocas de la playa Mekićevica. Nadaban desnudos hasta que caía la tarde. Entonces se sentaban en la arena de la media luna —creciente cuando el mar subía, menguante en la bajamar— alrededor de una fogata.

La infancia duró poco. Su padre, Viktora, le enseñó el oficio familiar: tonelero. Aprendió y superó al padre. El viejo Vučetić se acariciaba la barba gris, mientras observaba cómo el pequeño Iván trabajaba la madera. Lo examinaba en silencio cuando seleccionaba las tablas, las cortaba y avanzaba con los herrajes, mientras dejaba que se estacionaran. Luego preparaba los aros que habrían de ceñir la testa, el cuello y el barrigal con el cuidado de un sastre. Iván supo tempranamente que el verdadero secreto del cuerpo del vino era el tonel. Aprendió que en ese útero de madera noble el vino en gestación respiraba, se oxigenaba, maduraba, cobraba textura e intercambiaba aromas y sabores.

Otro de los grandes secretos era el de transformar las simples tablas rectas en duelas curvadas. Sabía exactamente dónde y cómo debía encajar cada parte. Primero cerraba el cuello superior y luego, con fuego, agua y pequeños golpes quirúrgicos, cerraba la parte inferior. Hasta que llegaba la hora del tostado. Aprendió que cuanto más tiempo de exposición a las llamas, más aromas surgían de la madera. Sin embargo, debía tener cuidado de que el ahumado no contaminara el sabor del vino. Y por fin, el milagro: que la barrica no filtrara una sola gota entre los resquicios de las maderas sin que el vino se asfixiara. El primer tonel que fabricó fue una bordalesa; tenía su misma estatura y lo superaba en peso.

—Para ser el primero, no está nada mal —dijo Viktora y salió del taller con la grata convicción de que ya se podía morir en paz.

Esa habilidad para curvar la madera fue la que le abrió a Iván un camino inesperado. Algunos años más tarde, aquel talento lo condujo a concebir su *opera prima*: las teclas mudas, sobre cuya cuña tomaba las huellas digitales. Ese instrumento silencioso que él mismo llamó *klavirčićel*, o el pianito. Imaginaba una partitura escrita por millones de impresiones digitales que permitieran conocer al autor de cualquier acción humana. "Dios, con su índice único, nos ha tocado a todos de maneras infinitamente diferentes para conocer al diablo por sus huellas. Cada acción humana deja su rastro en la historia del universo", solía decir Vucetich más tarde.

Igual que el vino, podría suponerse que acaso sean varias las características conectadas en cada individuo: los radios del iris, por ejemplo, podrían ser singulares e irrepetibles. Pero ni el dibujo de los ojos ni ninguna otra singularidad dejaban huellas estampadas en los objetos como las del extremo de los dedos. También el vino estaba tocado por la mano de la barrica, al punto que podían encontrarse huellas imperceptibles de la madera en el fermento.

Nada parecía interponerse en el destino del joven tonelero. Sin embargo, la tragedia habría de ensañarse con la familia. Antes de que Iván pudiera dedicarse por completo a la fabricación de toneles, tuvo que destinar parte de la madera para otros fines. Con sus propias manos, él y su padre debieron construir seis ataúdes para los hermanos más pequeños. Como si Dios le hubiera deparado a Viktora las mismas pruebas que a Job, le quitó, uno tras otro, seis de sus once hijos.

Las costas dálmatas conocían como ningún otro lugar de la Tierra el rigor de la peste. De hecho, la primera cuarentena de la historia se declaró en la vecina Ragusa en 1377 para contener la peste negra. Las altas murallas que fortificaban la ciudadela de los ataques de los ejércitos de Oriente y Occidente no pudieron detener el avance del enemigo más pequeño y mortal: la pulga de la rata negra. Los barcos que fondeaban en el puerto trajeron en las bodegas miles de invasores que saltaban a tierra y se desperdigaban en toda la costa. La vieja ley obligaba a las tripulaciones provenientes de las zonas infectadas a aislarse en la isla de Mrkan. No solo se confinaba a los marinos: también los animales y la mercadería debían mantenerse separados de la población local. La República de Ragusa impuso castigos y multas severas a quienes violaran la cuarentena. Para evitar que los encerraran en los lazaretos y les confiscaran las mercancías, algunas embarcaciones huían al ver los controles y recalaban en la menos vigilada isla de Hvar. La historia se repitió desde la Edad Media en adelante.

Uno de los últimos episodios se produjo hacia 1880. Uno de esos barcos fugitivos llegó de manera clandestina a las costas de Hvar. Las ratas, hambrientas, se lanzaron a tierra y asaltaron los silos en los que se almacenaban los granos. Invadieron las carnicerías, treparon a las reses, se metieron en las panaderías y contaminaron la levadura. Si bien aquella no había sido una de las epidemias más extendidas, quiso la fatalidad que el bacilo se ensañara con la familia del tonelero.

Iván vio morir a seis de sus hermanos menores, sin que nadie pudiera hacer nada. De pronto, aquella pandilla infantil que alegraba las calles y las playas de Hvar fue segada por la guadaña prematura de la muerte. Iván no podía evitar sentirse culpable por haber sobrevivido a sus hermanos pequeños. A partir de entonces se olvidó de qué era la felicidad. Los ecos de las risas, las voces fantasmales y los recuerdos dolorosos volvían una y otra vez para torturarlo.

Nada volvió a ser como antes en el paraíso de Hvar. Iván creció triste, se volvió introvertido y se volcó al estudio y la lectura para evadirse del acoso del remordimiento. Encontró algo de consuelo bajo el amparo del padre Bonagraija Marojevic, un monje franciscano que por entonces estaba a cargo de la academia del monasterio de Hvar. Conmovido por la tragedia del pequeño Iván, no solo le dio educación, sino que lo supo sostener cada vez que flaqueaba. Conducido por la mano severa y piadosa del religioso aprendió idiomas, música y cultivó el gusto por la lectura. Durante esos días Iván se transformó en Giovanni, Giovanni Vucetti, tal como lo llamaba el cura, quien le hablaba en italiano para que se le acostumbrara el oído a otras lenguas. El joven tonelero se convirtió en su mejor alumno. En pocos meses fue capaz de leer y escribir en varios idiomas. Mostraba además un talento natural para la interpretación musical en piano y violín. Tocaba piezas sacras de Bach, Haendel, Mozart, Haydn y Beethoven con una sensibilidad infrecuente. Más tarde, llegó a componer sus propias obras.

Al completar su formación junto al monje, Iván había superado la estatura de su padre. Se disponía a retomar el oficio y trabajar otra vez en la empresa familiar. Había recobrado algo de la dicha perdida. Pero cuando otra tragedia parecía imposible, una nueva peste se abatió sobre el archipiélago. La vieja tradición vitivinícola que había llegado a la isla con la República de Venecia de pronto colapsó. La plaga de la filoxera golpeó la producción de vino. Ese fue el final. Ya no quedaban bodegas que demandaran toneles. Padre e hijo se sentaron sobre un par de bordalesas frente al silencio de la montaña de toneles sin destino.

—Se terminó. No hay nada que hacer en esta isla. Yo ya soy un hombre viejo, pero tú y tus hermanos tienen que irse —le dijo Viktora.

Como siempre sucedía, tenía un plan. El futuro, le explicó, estaba del otro lado del océano. Europa se marchitaba igual que las vides infectadas por las agallas tumorosas que dejaban los pulgones de la filoxera. El sur de América, le dijo, era un territorio virgen. Le habló de Montevideo y de Buenos Aires. Viktora caminó hasta un armario, abrió un cajón y sacó unos folletos de la Compagnia di Navigazione Generale Italiana. Era un cuadernillo impreso en cuya tapa se veía en escorzo un buque imponente con dos chimeneas. En el interior había ilustraciones de ambas ciudades. Los fotograbados mostraban cúpulas de edificios en construcción que se elevaban hacia un cielo diáfano. Entre la página final y la contratapa, Iván se encontró con un sobre. Eran los últimos ahorros familiares. Dinero que no alcanzaba para que toda la familia pudiera comprar pasajes.

Primero viajarían los hermanos mayores y luego, cuando consiguieran trabajo, enviarían la plata para que viajara el resto. Viktora le explicaba el plan a Iván con un entusiasmo contagioso; lo hacía parecer tan fácil que el hijo mayor no encontró una sola objeción.

El 24 de febrero de 1884, Iván Vučetić, su hermano Martin y aquel grupo que de niños corrían felices entre la playa y la ciudad abandonaron para siempre el paraíso. Algunos en la cubierta, otros ocultos en la carbonera gracias a los buenos oficios de un tripulante llegaron por fin a América a bordo del *Galic*. América era la advocación de la esperanza y el renacimiento. Aquel lejano día, bajó del barco como Iván Vučetić y volvió a nacer en ese puerto remoto como Juan Vucetich. Dejó la isla de Hvar como tonelero y en la tierra nueva se convirtió en un aventurero sin rumbo. Pero con un propósito.

8

Luego del incidente con los anarquistas, el inspector y su ayudante iban, una vez más, a la casa de Francisca Rojas con el propósito de recuperar las huellas. ¿Cómo se había filtrado la noticia de que Juan Vucetich estaba en Necochea? ¿Cómo había sucedido que su cargo y, más aún, su encargo habían permanecido incógnitos para el comisario, mientras un grupo de activistas se había enterado de la visita del dactiloscopista?

Sucedía cada vez con más frecuencia que la prensa anarquista llegaba más temprano que la policía. Se enteraba antes de las novedades de todo aquello que pudiera afectar sus actividades clandestinas. Y la identificación biométrica era un asunto que preocupaba al movimiento libertario en todo el mundo.

—¿Cómo han podido saber que estábamos acá? —se preguntó Marcos Diamant en voz alta, mientras dejaban atrás a los manifestantes y caminaban a la casa de Francisca.

—Siempre van un paso adelante, mi estimado. Los periódicos rebeldes brotan como la maleza —respondió el inspector, acomodándose la ropa luego del ataque con pintura.

—Pero ¿quién? —interrogó Diamant, a la vez que intentaba encontrar la respuesta en la memoria.

—Pudo ser cualquiera —contestó Vucetich, con un dejo de resignación—. La prensa anarquista tiene periodistas más jóvenes y activos que los viejos y aburguesados redactores de los medios tradicionales. Pero, además, han sabido tejer una red de corresponsales, informantes y fuentes dentro del mecanismo que impulsa el funcionamiento del mundo.

—La famosa palanca de Arquímedes… —añadió Diamant.

—Así es, estimado. Mueven el ferrocarril, los cables del telégrafo, los barcos, los puertos y los recursos rurales —enumeró el inspector y prosiguió—: Están ocultos en los sótanos de los ministerios, los poderes del Estado, los cuarteles y las estaciones de policía.

—Curiosa manera de oponerse a la existencia del Estado —se sorprendió el colaborador.

—Exacto, la lógica del parásito: ingresa al organismo para destruirlo desde las entrañas. Tal vez no cuenten con personal jerárquico, ministros, secretarios, jueces, senadores, diputados, oficiales o jefes de redacción. Al menos no todavía. Pero son las hormigas obreras que pueden enloquecer la organización del hormiguero hasta hacerlo colapsar —ilustró Juan Vucetich.

—Pero ¿cómo pueden permanecer sin ser vistos? ¿Cómo permiten las instancias superiores que ingresen y permanezcan en el Estado al que se oponen? —quiso saber Diamant.

—¿Quién podría no verlos? No solo yo; usted también. Seguramente ha visto a quien hizo correr la voz de nuestra visita: el ordenanza que escuchó nuestra conversación con el ministro, el cochero que nos llevó a la estación, el fogonero del tren o el técnico que movió el pulsador del telégrafo desde el que salió el cable con las instrucciones de Buenos Aires. Cualquiera pudo ser. Están por todas partes. Luego, una vez que ingresan, se adueñan del organismo y aprenden a manejarlo a voluntad desde los subsuelos, incluso desde los despachos.

—¿Los despachos? —preguntó Diamant con un tono de duda.

—¿Pero acaso no ha visto las publicaciones anarquistas? —repuso el inspector sin ocultar cierto fastidio—. Basta con hojear *El Perseguido* o *Demoliamo* para comprobar que están al tanto de todo lo que se habla, incluso en los escritorios de los funcionarios más encumbrados.

—Supongamos que así sea. Ahora bien, ¿qué alcance pueden tener esos periódicos clandestinos? —inquirió Diamant con escepticismo.

—¡Enorme! —repuso Vucetich—. Si hasta consiguen meter sus pasquines entre las páginas del diario *La Prensa* y distribuirlos dentro del periódico.

La ingenuidad con la que preguntaba Diamant escondía provocación. Como tantos jóvenes ávidos de lecturas, amantes del teatro y las diferentes disciplinas de esa categoría incierta llamada cultura, contemplaba el anarquismo con cierta simpatía vestida de tolerancia, en la creencia de que esas bellas utopías jamás habrían de alcanzarse.

Decidieron no escalar más la discusión y cambiar de tema mientras caminaban contra el viento helado.

—Debería mandar a limpiar el abrigo antes de que se seque la pintura —aconsejó Diamant, señalándole las marcas de los dedos que había dejado la mujer en el abrigo.

—Será mi recuerdo de Necochea.

El inspector no podía sacarse de las retinas la imagen de esa adolescente, cuya belleza, que no podían ocultar el velo ni el pañuelo, era proporcional a la medida de su ira. Sentía en el fondo de su alma que merecía, si no una explicación, al menos una disculpa. Acaso creyera, sin que esa convicción se le revelara a la conciencia, que si conservaba sus huellas dejaría abierta la puerta de un desagravio.

—Ya nos volveremos a encontrar —musitó Vucetich entre dientes como si hablara consigo mismo.

—Al menos su Cenicienta le dejó la huella de la suela. El día que podamos hacer un banco universal dactiloscópico, podrá buscarla y calzarle el zapatito. Aunque no creo que esa mujer esté buscando un príncipe azul ni de ningún otro color —dijo Diamant.

—¿A qué se refiere? —se extrañó el inspector.

—¿No ha visto el cartel que sostenía una de sus compañeras?

Ante el silencio y la cara de desconcierto de Vucetich, Diamant le recordó la leyenda de la pancarta:

—"Ni Dios, ni patrón, ni marido".

El inspector dejó escapar una carcajada breve y acotó:

—No califico para ninguno de los tres —musitó con una voz apagada y un gesto de tristeza.

La amarga ironía escondía una tragedia íntima y silenciosa. Vucetich había enviudado y cargaba con el recuerdo siempre presente de su esposa. Entonces, al evocar a su mujer, tuvo una revelación. Ella tenía el mismo nombre que la niña asesinada: Felisa. A la deuda de conciencia que sentía por sus hermanos muertos, se sumaba ahora la penosa rememoración de su matrimonio truncado por la tragedia. Ese súbito sentimiento de melancolía, lejos de abatirlo, hizo que apurara el paso. Ese era, pensó, otro acicate para encontrar al asesino. Al recuerdo de su esposa, se le sumó una sensación incómoda y algo culposa: no se podía quitar la imagen de la muchacha anarquista. Desde el momento en que la vio entre la multitud tuvo la certeza de que aquella mujer, cuya figura era semejante a un reloj de arena, marcaba el inicio de un tiempo desconocido.

Con el abrigo colgado del brazo y un frío que le calaba los huesos, Vucetich se propuso recuperar las huellas que el fiscal le había arrebatado el día anterior.

Antes de subir al Puente de las Cascadas, se cruzaron con un hombre a caballo que venía del otro lado del río. Saludó a otros dos que estaban reemplazando tablas viejas del barandal y les dijo al pasar:

—Parece que se ha despertado la Francisca.

El inspector Vucetich y su ayudante no le prestaron mayor atención al comentario y encararon el ascenso al puente con la saludable intención de recorrer a pie el camino desde Quequén hasta la casa de la tragedia.

Mientras atravesaban los andurriales melancólicos entre el barro amniótico de la ciudad en gestación, una mujer que venía desde el fondo de la calle, con las manos en bocina, le gritó a otra que estaba barriendo el frente de un almacén:

—Dicen que se ha despertado la Francisca.

La que barría la estrecha galería metió la cabeza por un ventanuco y avisó a los parroquianos:

—Se despertó la Francisca.

Vucetich y Diamant apuraron el paso y en medio de la carrera se cruzaron con un grupo de chicos que corrían en sentido contrario voceando la nueva:

—¡La Francisca se despertó!

Cuando llegaron al Cuartel Tercero, al doblar en una esquina, pudieron ver un pequeño pero tumultuoso grupo junto a la puerta de la casa. Eran principalmente mujeres; algunas llevaban niños en brazos o agarrados de las polleras. Las que estaban en primera línea se turnaban para ver más allá de la puerta, con la cabeza asomada hacia el interior. Ellas eran las que pasaban los partes a la segunda línea y desde ahí corría la voz hasta las comadronas más alejadas e irradiaban las nuevas a las vecinas que permanecían en la entrada de sus casas escoba en mano. Los perros iban, venían y ladraban alterados por la agitación inusual del barrio.

—¿Otra vez los anarquistas? —se sobresaltó Diamant al ver la multitud a lo lejos.

—No, no lo creo, sospecho que es algo peor —se alarmó Vucetich.

El inspector corrió hacia la casa y Marcos Diamant apuró el paso detrás de él. Se abrió camino entre el tumulto, al tiempo que gritaba:

—¡Despejen la zona, policía federal! ¡No hay nada que ver! ¡Todo el mundo a su casa!

Pero la novedad, lejos de disipar al gentío, atrajo a más gente. Por primera vez desde el inicio de la investigación y, de hecho, por primera vez en varios años, Vucetich extrajo su arma de la sobaquera e hizo un disparo al aire. Los pájaros volaron espantados desde los techos de paja hacia las copas de los árboles un segundo antes de que las mujeres se alzaran las faldas entre el índice y el pulgar y corrieran a ponerse a resguardo. Hasta ese momento Vucetich había hecho votos de paciencia y corrección. Pero al ver que peligraba lo poco que quedaba de la escena del crimen, decidió preservarla a como diera lugar. No iba a seguir humillándose ante un comisario de pueblo y un fiscal sometido por el miedo o las prebendas.

Estaba por entrar, cuando de pronto salió el jefe Blanco y se paró bajo el marco de la puerta.

—Ya le dije que no tiene nada que hacer acá.

El inspector guardó el arma. Con una mirada desafiante le hizo saber al comisario que estaba dispuesto a volver a desenfundar si era necesario. Habida cuenta de que el carácter secreto de la misión había sido expuesto por los anarquistas, Vucetich ya no tenía ninguna barrera para ejercer la autoridad que le había conferido el ministro del Interior a instancias del presidente.

—No le estoy pidiendo permiso, voy a entrar y voy a hacer las diligencias.

—Es que no hace falta, inspector. La mujer se despertó —les confirmó el comisario—, recuperó la conciencia y el habla. Contó todo. Ahora, sí, jaque mate, inspector.

9

Con la retirada del último malón, allá por el 77, aquel paraje partido por un río a orillas del mar era uno de los lugares más apacibles del país. Pero desde la llegada de Juan Vucetich, la brisa se había transformado en tornado y la garúa en tempestad. Al menos, eso es lo que pretendía transmitirles el comisario Blanco a las autoridades provinciales y nacionales.

—Le haría un gran favor a la ciudad si volviera hoy mismo a Buenos Aires, inspector. Jamás habíamos tenido disturbios políticos, vecinos angustiados ni semejante zozobra —le dijo el comisario sin apartarse del marco de la puerta.

—¿Tengo que recordarle que el asesinato de los niños sucedió antes de que yo llegara? —repuso el inspector—. Yo no vine de vacaciones. Estoy acá porque bajo su jurisdicción mataron a dos niños y casi matan a la madre. Y es muy probable que usted haya dejado suelto al asesino.

Al ver que Vucetich estaba a punto de caer en la trampa que le tendía el comisario para hacerle perder los estribos, Diamant lo llamó a la calma con una mirada serena y una leve palmada en la espalda.

—No hay ningún asesino suelto, inspector. Deje de imaginar novelas y de ensuciar el buen nombre de esta ciudad, de su gente y las fuerzas vivas. El culpable confesó, está preso y la propia víctima acaba de confirmarlo con su testimonio —le dijo y quiso entregarle la declaración escrita para que la viera.

—No, comisario, no me va a tener entretenido con libretos.

—¿Quiere convencerse usted mismo? ¿Quiere interrogarla?

Vucetich y Diamant se miraron con más suspicacia que asombro. Entonces, el comisario giró, les ofreció el perfil y les franqueó la entrada:

—Adelante, señores, pasen, por favor —les dijo con esa aparatosidad con la que anunciaba sus puestas en escena, mientras los invitaba a pasar con el brazo extendido.

Lo primero que miraron el inspector y su ayudante, casi por reflejo, fue la puerta y las paredes. Respiraron aliviados al ver que aún estaban las huellas de sangre en la pared, en el marco de la ventana y en la pala, que permanecía en el suelo.

Sin perder un segundo, Vucetich abrió su maletín inseparable y se dispuso a volver a tomar muestras.

—Inspector, la señora Rojas desea hablar con usted —lo interrumpió el comisario, antes de que pudiera iniciar la tarea.

Más allá de la premura, Vucetich tuvo que admitir para sí que el comisario tenía razón; era una total descortesía darle la espalda y recoger las pruebas antes de dirigirle la palabra a la dueña de casa. Pero en su fuero íntimo, sabía que las huellas hablaban sin que nadie pudiera presionarlas; cualquier adulteración deliberada saldría fácilmente a la luz. A las palabras no solo se las llevaba el viento; un soplo malintencionado podría desordenarlas, alterarlas y cambiarles el sentido. Y el jefe de policía sabía soplar fuerte.

Vucetich se acercó a la cama de Francisca. Con un gesto de recogimiento, el sombrero entre las manos a la altura del vientre e inclinado casi con reverencia, se presentó y le repitió las mismas palabras que le había dicho mientras permanecía inconsciente:

—Vucetich, inspector Vucetich. Quiero darle mi más sentido pésame. Sé el momento que está atravesando. Nadie más que yo quisiera encontrar a quien le ha hecho esto.

El inspector buscó las palabras menos lesivas, las sopesó *in mente* antes de dejarlas escapar y continuó:

—¿Puede contarme, por favor, qué fue lo que sucedió?

Francisca Rojas era una mujer de cara redonda. Tenía una boca pequeña, cuyas comisuras todavía se veían endurecidas por el miedo y la angustia. Los ojos negros y profundos, en los que se confundía la pupila con el iris, eran dos abismos sin fin. Las manos, delgadas, delicadas, conservaban un temblor semejante a aquel que presentaban cuando todavía se hallaba sin conocimiento. Ya no tenía el vendaje que le rodeaba el cuello, sino un breve esparadrapo que solo le cubría la herida de la garganta.

Antes de decidirse a hablar, Francisca le lanzó una mirada inquieta al comisario, que estaba a espaldas de Juan Vucetich, como si le pidiera una silenciosa autorización. El jefe policial asintió con los párpados, en un gesto solo perceptible para ella. Al comprobar la tensión de ese lazo invisible que había tendido Blanco, el inspector se dio vuelta y le dijo:

—¿Sería tan amable de dejarnos solos, por favor?

—Le recuerdo que yo sigo siendo la autoridad en esta ciudad y si va a interrogar a la señora lo hará bajo mi supervisión y con el permiso del fiscal.

—Se equivoca, no se trata de un interrogatorio. Simplemente, deseo conversar con la señora como dos personas adultas que disponen de la libertad y el derecho de hacerlo —le dijo, sin darle tiempo a que volviera a influir sobre la mujer. En el mismo acto, giró la cabeza hacia Francisca Rojas y preguntó en tono imperativo—: ¿Verdad que está de acuerdo en que conversemos a solas, señora?

Era tal la fragilidad emocional de la mujer que asintió casi como si cumpliera una orden. Entonces el comisario no tuvo más remedio que abandonar el dormitorio.

Sin embargo, lejos de mostrarse calmada, Francisca se veía inquieta, alterada y temerosa. Le sobraban razones. Vucetich debía ser sumamente cuidadoso para no martirizarla más de lo que ya estaba y que el miedo no le impidiera hablar con él.

El inspector se volvió a inclinar sobre ella y con un tono paternal, protector, le dijo:

—Cuénteme a mí.

Con un hilo de voz, Francisca le dijo:

—Fue Ramón, Ramón Velázquez —balbuceó, mientras movía los ojos de acá para allá, evitando los de su interlocutor.

En segundo plano, fuera de la vista de Francisca, Marcos Diamant se encontró con la declaración de la mujer, los papeles que momentos antes le había exhibido el comisario Blanco. Advirtió que se trataba de la misma letra de la confesión supuestamente escrita por Velázquez. No menos curioso le resultó el hecho de que la transcripción comenzaba así: "Fue Ramón, Ramón Velázquez". Exactamente las mismas palabras que acababa de pronunciar Francisca.

—Entró como un loco, sin decir nada me pegó con la pala en la espalda.

"Entró como un loco, sin decir nada me pegó con la pala en la espalda", continuaba la segunda línea de la declaración, según leía Diamant.

—Como los chicos gritaban… —prosiguió Francisca.

"Como los chicos gritaban…", leyó el ayudante del inspector.

—Los atacó con un cuchillo y cuando los quise defender me cortó la garganta y después los mató.

"Los atacó con un cuchillo y cuando los quise defender me cortó la garganta y después los mató", musitó Diamant al mismo tiempo que la mujer, como si ambos cantaran la misma canción con una sola partitura.

El colaborador le alcanzó el papel a Vucetich y comprobó el recitado que interpretaba la mujer.

—Mientras sigue hablando, ¿le permite al médico que le revise la espalda? —le dijo el inspector a Francisca, mientras le presentaba a su asistente y le otorgaba un diploma que no tenía.

—Pero ya me vio un médico —repuso, sin resistirse demasiado.

—Bueno, queremos que esté bien. A falta de uno, va a tener dos médicos, querida —le dijo Vucetich con ese tono que despertaba confianza.

Francisca giró un poco y Marcos Diamant le examinó la espalda de modo somero, a través de la parte trasera del escote del camisón. No había ninguna herida ni hematoma ni marca. El relato no se correspondía con el estado de la pala, cuya parte metálica estaba completamente doblada sobre sí misma y retorcida como un papel. Si las torceduras de la pala hubiesen sido a causa de golpes, Francisca no solo tendría que haber presentado alguna marca: debería estar muerta.

La mujer retomó el relato, cuando Juan Vucetich comenzó a leer la declaración en voz alta a coro con ella, de modo de poner en evidencia la actuación.

—Mi querida, a mí me puede decir la verdad. Yo estoy para cuidarla —murmuró el inspector, para hacerle ver que estaba dispuesto no solo a guardar una confidencia, sino a protegerla ante quien fuera necesario.

En ese punto, la mujer dejó escapar un largo suspiro que se convirtió en un llanto ahogado. Entre convulsiones y sollozos, llegó a decir:

—Él quiso sacarme a los chicos. Él lo mandó a Ramón para que me los quitara.

"Él" no podía ser otro más que Ponciano, el padre de los niños. Ambos hombres se miraron y entonces Marcos Diamant acató la orden que Vucetich le impartió sin pronunciar palabra. Salió disparado del cuarto y una vez más ganó la calle. Tenía que encontrar a Ponciano Carballo antes de que pudiera fugarse. Casi al mismo tiempo, Juan Vucetich se despidió de la mujer, le prometió guardar el secreto y salió de la casa rumbo a la fiscalía. Estaba dispuesto a recuperar las huellas digitales así fuera a los tiros.

10

Marcos Diamant corrió en dirección contraria a la muchedumbre que se acercaba a curiosear en los alrededores de la casa de los niños muertos. Si quería encontrar a Ponciano Carballo debía ser más rápido que los rumores que circulaban de boca en boca con la noticia de que su mujer había recuperado la conciencia, la memoria y el habla. Mientras se abría paso entre las vecinas, el ayudante no podía evitar recordar *Medea,* de Eurípides. Escuchaba las murmuraciones y en su memoria resonaba el coro que representaba a las mujeres de Corinto:

¡Ay, ay, desdichada por tus penas, infeliz mujer!

Diamant acababa de traducir esas palabras que, en términos camperos, repetían las mujeres de Necochea:

Escuché la voz, escuché el grito
de la desdichada hija de la Cólquide.
¿Todavía no está calmada?
Porque dentro de la morada de doble puerta
un llanto he oído
y no me regocijo con las aflicciones de la casa.

Mientras se abría paso entre el gentío, Diamant podía escuchar las mismas expresiones que habían pronunciado las mujeres de Corinto en la puerta de la casa de Medea:

He oído el sonido doloroso de sus llantos,
agudas penas grita, tristes,
contra el traidor a su lecho,
su pérfido esposo.

Por un momento, Diamant pensó que su trabajo de traductor le estaba distorsionando el juicio. Se vio a sí mismo como un argonauta que fuera a buscar a Jasón, el esposo infiel que abandonó a su mujer para irse con Glauce. Sacudió la cabeza, intentó despojarse de Eurípides y volvió de la Corinto mitológica a las pampas inhóspitas.

Había, al menos en primera instancia, dos opciones donde buscar al marido de Francisca: el establecimiento de Molina, donde trabajaba con Ramón Velázquez, y los galpones del monte, en los que se acopiaba la madera que luego abastecía los aserraderos y las carpinterías de la zona.

A toda carrera, Marcos Diamant pasó por una herrería, en cuyo portón un hombre terminaba de herrar a un potro. El último martillazo le pareció el de un juez que acabara de absolverlo del castigo de andar corriendo a pie entre dos ciudades. Frenó en seco y, en medio de una nube de polvo, le preguntó al herrero:

—¿Me alquila el flete, amigo?

—No, señor —contestó el hombre sin levantar la vista de la pata del animal, que aún sostenía entre las manos.

—Se lo puedo comprar… —repuso entonces Diamant.

—No está en venta —dijo escueto, terminante, y agregó—: ¿Y pa'qué anda necesitando flete el hombre?

Marcos Diamant tomó aire para recuperarse de la carrera y sin pensarlo, le respondió desde el fondo del alma:

—Para hacer justicia.

El hombre le soltó la pata al caballo y por primera vez lo miró a los ojos. Pueblo chico, todos sabían que los recién llegados venían de la capital a resolver el caso de los niños muertos.

—Justicia, ¡ja! —exclamó el herrador sin reírse.

—Créame que no me voy de acá sin encontrar al que mató a esos chicos. *Farn got ij zogt*[6] —prometió Diamant en idish, que era el idioma en el que daba testimonio ante Dios y la memoria de los suyos.

—Entonces llévese aquel; este es medio mañoso —le dijo el herrero, quien comprendió el sentido último de la sentencia, aun sin saber siquiera en qué idioma la había pronunciado.

—¿Qué le debo? —preguntó Marcos Diamant llevándose la mano al bolsillo interior de la chaqueta.

—Justicia —dijo el hombre de cuero curtido, con un brillo acuoso en los ojos—. Justicia —repitió y se dio media vuelta con el potro de las riendas.

Diamant espoleó al caballo con los talones y salió al galope rumbo al monte. Enfiló hacia una arboleda que apenas alteraba la línea recta del horizonte y se veía tan lejana como la justicia.

El sol aún no había alcanzado el cenit cuando llegó al aserradero de Molina. Se apeó a una distancia prudente del galpón y ató el caballo a un tronco que yacía inclinado sobre la horqueta de un eucalipto añoso. No se oían ruidos ni se veía movimiento dentro ni alrededor del cobertizo. Era tal el silencio y la quietud que al traductor lo asaltó una certeza: alguien oculto lo estaba observando. Ante esa convicción, decidió que lo mejor sería hacerse ver y anunciarse. Hizo sonar las palmas y saludó con un sonoro "¡Buenos días!".

---

[6] Expresión en idish: "Frente a Dios, digo".

Desde el portón desconchado apareció un perro enorme, medio apolillado, del color del aserrín. Tenía las orejas para atrás y la cola entre las patas. Mientras avanzaba, emitía un ladrido asordinado, un resuello quejumbroso, como si temiera que lo hicieran callar. Aquella era, concluyó Diamant, la actitud de un perro que estaba con el amo. Si hubiese estado solo, habría ladrado sin parar. Avanzó sin temor. Al menos sin temor al perro que, en efecto, se acercó con actitud mansa; lo acarició para terminar de ganarse la confianza y entonces sucedió lo que Diamant esperaba: el animal entró en el galpón para avisarle a su amo que había una visita. Apuró el paso, se asomó al interior y llegó a ver una sombra huidiza que se perdía detrás de una pila de vigas.

—Ponciano, vengo a conversar —dijo Diamant hacia el virtual parapeto de tablas encimadas.

Caminó con cautela, sin hacer ruido; de pronto, el paredón de listones de quebracho se desplomó sobre su leve humanidad.

—*¡Ij bin a shlemaz!*[7] —llegó a gritar antes de resignarse a morir aplastado por toneladas de madera.

El estruendo fue apocalíptico. El piso cimbró y se levantó una nube de polvo que quedó flotando en medio del galpón. No había posibilidad de que un cuerpo humano pudiera resistir el peso y la dureza de todas esas vigas desplomadas.

Cuando bajó la neblina de aserrín y tierra, se hizo visible la figura de un hombre que permanecía con el brazo extendido como quien quisiera sostener o, al contrario, empujar una pared que ya no existía. El perro se trepó a una de las laderas de aquella montaña geométrica de listones, metió el hocico por un hueco y ladró. El hombre que había provocado el derrumbe, acaso a su pesar, miró hacia donde le indicaba el animal.

---

[7] Expresión en idish: "Soy un hombre sin suerte".

Todo era quietud y silencio, como si esa pirámide espontánea albergara en su interior una cámara mortuoria. Pálido, paralizado por el pánico, el hombre vacilaba entre comprobar el estado de su perseguidor o huir a toda carrera. Finalmente, hizo lo que le ordenaba la mecánica del miedo: escapar. Al menos, eso intentó. Cuando estaba por dar la primera zancada, una mano emergió entre las maderas y se le aferró al tobillo.

El azar, la providencia, las invocaciones y, más aún, los reflejos de Diamant hicieron que, en medio del colapso, atinara a arrastrarse hasta la oquedad de un barril caído. Sabía por los cuentos de su jefe que los barriles podían sostener toneladas —medida proveniente de la palabra *tonel*— sobre su estructura. Los flejes de hierro y el roble combado de las duelas fungieron de armadura. El estrépito y el temblor fueron tales que tardó en comprender que todavía permanecía con vida. Lo primero que vio al abrir los ojos fue el hocico del perro. Un poco más atrás, divisó el cáñamo deshilachado de un par de alpargatas que iban y venían en torno de la pila de tablas que lo tenía preso. Entonces sacó un brazo del barril y se aferró al tobillo del hombre. Lo apretó de tal manera que el dueño invisible de las alpargatas lo arrastró hacia afuera de la montaña de vigas cuando se echó a correr. Convertido en un grillete humano, Diamant, prendido a la pierna, mordía el polvo del aserradero, mientras soportaba, estoico, los accidentes del suelo. Un paso atrás iba el perro, ladrando divertido, como si se tratara de un juego. Era tal la desesperación del hombre al no poder liberarse, que tomó un hacha de mango corto, dispuesto a cortarle la muñeca. La alzó por sobre la cabeza para tomar impulso y cuando estaba por descargar el golpe, Diamant le mordió la pierna a la altura del gemelo. El dolor fue tal que, por puro reflejo, soltó el mango. El hacha salió disparada hacia un extremo del galpón. El perro, un mestizo con instinto *retriever*, corrió a buscarla, la trajo entre los dientes y la dejó a los pies de su amo.

Pero sucedía que precisamente a los pies del amo también estaba Marcos Diamant.

—*Danke* —le agradeció en idish al amable animalito que acababa de salvarle, si no la vida, al menos la mano, y se incorporó de un salto.

Con un movimiento ágil, giró alrededor de su atacante, se colocó a sus espaldas y le aprisionó el cuello con el mango del hacha.

—Se acabó el juego, Carballo.

Con el aliento angostado y la voz ronca a causa de la presión en la garganta, Ponciano Carballo le dijo:

—Máteme, se lo suplico, máteme.

—Lo voy a hacer con todo gusto si no se tranquiliza —amenazó Diamant. Luego, al percibir la desesperación y el tono dramático, lo llamó a la calma—: Hablemos.

El traductor sabía que a veces una sola palabra es más convincente que un ejército. El hombre, doblegado físicamente y con el espíritu derrumbado, asintió y se dejó conducir hasta una silla. Luego se desplomó con un llanto amargo, profundo y desconsolado. Ponciano, hombre de cuero duro y aspecto toruno, exhibía de pronto una fragilidad infantil. No podía dejar de llorar. Entre sollozos, repetía:

—Me los mataron. Me los quitaron. Si no me pegué un tiro es porque quiero saber quién mató a mis hijos.

—Francisca declaró que fue Ramón Velázquez.

—¿Ramón? No —sacudió la cabeza y esbozó una sonrisa amarga—. No, Ramón es mi compadre. Y mi amigo.

Si Ponciano había asesinado a sus propios hijos y herido a su esposa, ¿qué sentido podía tener que defendiera a Velázquez, más aún cuando la inocencia de su compadre significaba echar un manto de sospecha sobre sus propios hombros?

—El mismo Velázquez confesó —malició Diamant con la intención de ofrecerle otra excusa para malquistarlo con su compadre y arrancarle una versión del asesinato.

—No, señor; yo sé lo que le han hecho para que diga eso. Sé lo que les hicieron a él y a mis angelitos. Yo no quiero pasar por eso, señor. Le suplico que me mate —dijo y rompió a llorar otra vez—. Me han amenazado para que acuse a Ramón. Pero no, señor. Yo sé que él no ha sido. ¿A usted también lo han mandado para que yo culpe a Velázquez? No, señor. No; prefiero que me mate —dijo entre sollozos.

Diamant se preguntaba en silencio por qué un hombre que era capaz de matar a sus propios hijos tendría algún prurito para que culparan a un inocente, si eso, además, le permitiría quedar libre de culpa y cargo.

—No, Ponciano. No me mandó nadie. Estoy para saber la verdad.

—Entonces encuéntrela, señor. Me ha pasado lo peor que le puede pasar a un hombre; me han llevado a mis hijos; he sufrido el peor de los engaños que un hombre puede sufrir.

—¿A qué se refiere? ¿Quién lo ha engañado?

—La Francisca, señor, la Francisca me ha engañado.

—Se dice que fue usted el que la engañó.

Ponciano rehuyó la mirada, agachó la cabeza y resopló:

—Eso fue hace mucho y ya está pagado.

Entonces Ponciano Carballo le contó al inspector una historia oscura, llena de nudos y retorcimientos, como la raíz del nogal. Hacía un tiempo había tenido una aventura con Crescencia, la hija menor de Molina, el dueño de la finca en la que trabajaba. Solían encontrarse en el galpón chico del aserradero cuando Molina salía con la carreta a hacer el reparto. La relación era secreta, sigilosa. Pero un día Crescencia le exigió que dejara a la Francisca y se fuera con ella. Al principio eran todas palabras dulces y promesas. Le habló del afecto que le guardaba su padre, le dijo que si se iban juntos Molina les iba a poner una casa y que lo asociaría al establecimiento. Pero como Carballo se negó, las promesas de Crescencia se convirtieron en reproches y más tarde en amenazas. Le juró que si la dejaba iba a contarle todo a la Francisca. Lo amenazó con hacerlo echar del trabajo. Pero Ponciano permanecía firme en su negativa.

—Un día Crescencia vino al trabajo con las manos cruzadas sobre el vientre y me dijo que estaba embarazada —recordó Ponciano.

Carballo, sin mirarla, le dijo que hiciera lo que tuviera que hacer. Entonces ella decidió contarle todo al padre. Molina fue a ver a Ponciano y hablaron como dos hombres. Y como suele suceder, los dos hombres se entendieron mejor entre ellos que con la mujer. Aunque fuera sangre de la sangre, Molina dudó de su propia hija y mandó a una partera para que la revisara.

—La Crescencia había mentido, no estaba preñada —reveló Ponciano.

Molina, hombre de una sola palabra, decidió echar a su hija de la casa por mentirle, por profanar el nombre de la descendencia y poner en duda la honra de su capataz. Crescencia fue a parar a la casa de una tía, rama torcida como ella, en un campo de Balcarce.

—Pero el daño estaba hecho. La Francisca supo todo. Traición con traición se paga.

Diamant se quedó sin palabras. ¿Hasta qué punto sus lecturas de las tragedias griegas podían imponerse sobre la realidad? La historia que le acababa de contar Ponciano era la obra de Eurípides que estaba traduciendo. Así como Jasón había traicionado a Medea con Glauce, la hija del rey Creonte, Carballo, había engañado a Francisca con la hija de Molina, el dueño de la finca. Pero a la vez, los papeles se mezclaban: la expulsión de Crescencia a Balcarce era el destierro de Medea a Corinto.

—¿Me quiere decir que ella lo engañó para vengarse? —quiso saber, encandilado por la poderosa luz que Eurípides proyectaba hasta ese confín del mundo.

—Pregunte, señor. Pregúntele a la mujer de Ramón…

—¿La mujer de Ramón Velázquez?

Ponciano Carballo asintió con la cabeza. Diamant lo miró de costado.

—Matilde, la mujer de Velázquez —agregó el hombre—. No andaban de buenas con la Francisca. Se han dicho cosas malas. Se han ido a las manos… Cosas de mujeres. La Francisca la increpó y Matilde se defendió con… —como si acabara de caer en la cuenta de algo, Ponciano detuvo el relato, bajó la cabeza y se llamó a silencio.

—¿Se defendió con…? —instó Diamant para que el hombre completara la frase.

—Con un cuchillo.

En el campo había dos universos: el de los hombres y el de las mujeres. Eran dos mundos separados por fronteras inamovibles. El mundo de los hombres iba de las puertas de la casa hacia afuera y el de las mujeres, de la puerta hacia adentro. Los críos eran, a decir, de Ponciano, cosa de mujeres. ¿Por qué se pelearon Francisca y Matilde? ¿Hasta dónde podía llegar la amenaza expresada a punta de cuchillo? ¿Quién podía imaginar el dolor que significaba la pérdida de los hijos? Acaso, solamente otra mujer. Demasiadas preguntas y ninguna que Ponciano Carballo pudiera responder. La brújula parecía haber encontrado el norte y señalaba ahora hacia la casa de Matilde, la mujer de Ramón Velázquez.

Diamant, aturdido por las voces de los dramaturgos antiguos, se rendía ante la evidencia de que no había historia que no hubiera sido contada antes por los griegos. Las murmuraciones de las comadres enlazaban el amor, el engaño y la muerte. Las habladurías de pueblo chico reproducían la eterna tragedia. En la modesta cuadra de un barrio del fin del mundo resonaban las voces de Eurípides, Sófocles, Shakespeare y Goethe. De pronto, Marcos Diamant entendió que para resolver el crimen había que interpretarlo de la misma manera que una tragedia griega. El perfume lejano del mar y la cercanía del puerto le infundieron el espíritu de los argonautas. Debía buscar al asesino con el mismo empeño con que el navegante había ido tras el vellocino de oro.

Impulsado por esa convicción, corrió, montó el caballo que lo esperaba en el palenque improvisado y salió a todo galope a casa de los Velázquez para interrogar a la comadre de Francisca Rojas.

11

Empezaba a llover cuando Marcos Diamant llegó a la casa de los Velázquez. No estaba bien visto que una mujer recibiera la visita de un hombre en ausencia del marido. Menos aún si este se encontraba en la cárcel. Diamant se enfrentaba a una disyuntiva: no sabía si dejar el caballo lejos de la casa y llegar sin que nadie lo viera o, al contrario, mostrarse a los ojos de todos para evitar suspicacias. A esa altura de las circunstancias, sabía que era imposible que alguien pasara inadvertido en el pueblo. Mientras se debatía, pudo notar que en las casas vecinas ya lo habían descubierto.

A medida que avanzaba, adivinaba siluetas que lo escudriñaban desde las ventanas. Ya no tenía nada que ocultar. Estaba por golpear la puerta de la casa de los Velázquez, cuando del otro lado alguien se adelantó y la dejó entreabierta. Diamant intentó ver hacia adentro, pero la penumbra era tal, que apenas distinguió la parte blanca de unos ojos tan negros como la sombra en la que flotaban. Cuando bajó la mirada pudo ver un fulgor plateado que titilaba como una estrella. No tardó en comprender que era la punta de un cuchillo dirigido hacia él.

—A mí no me van a llevar tan fácil como se lo han llevado a Ramón —amenazó una voz de mujer—. Antes muerta y, se lo juro, me llevo a alguno conmigo.

—No. No vengo a llevar a nadie. Estoy solo y quiero que conversemos. Me mandó Ponciano.

—¿Es de la policía? —le preguntó ella mientras lo miraba con desprecio de arriba abajo.

Diamant nunca sabía qué decir ante esa pregunta. Una respuesta por sí o por no era igualmente cierta como falsa. De modo que contestaba lo que considerara conveniente en cada situación.

—No, señora, no; quédese tranquila. Conversemos.

—Adelante —dijo la mujer y cerró la puerta no bien entró el visitante.

Diamant tenía el don de la empatía. Las facciones aniñadas, una belleza casi femenina, el gesto afable, la mirada franca y la sonrisa leve, amistosa, todo en él contribuía a establecer la armonía. Sucedía de manera especial con las mujeres. No se trataba de una actitud de seducción. Despertaba un sentimiento de afinidad y protección natural. Pero al parecer, esta vez no había funcionado. Matilde Velázquez lo rodeó por la espalda y le clavó la punta del cuchillo en el cuello. Un delgado hilo de sangre corrió hacia el borde de la camisa.

—Usted no va a tener la misma suerte que tuvo Francisca. Debí haberla matado como murieron sus hijos. Le juro que me arrepiento de no haberlo hecho.

La mujer había hundido el cuchillo lo suficiente como para dejar en claro que estaba dispuesta a enterrárselo hasta el remache. Sabía cuál era la frontera exacta que separaba la vida de la muerte. Manejaba el cuchillo con la habilidad de un matarife. Inmovilizado, Marcos Diamant fue conducido hasta una silla. Ella se sentó frente a él y sin dejar de señalarlo con la hoja aguda, le preguntó:

—¿Quién es usted?

Matilde era una mujer de complexión delgada pero fuerte. Tenía unos brazos magros surcados por venas dilatadas, forjados en las faenas duras del campo. La cara dibujada por líneas finas y ángulos agudos contrastaba con la mandíbula cuadrada y las arterias marcadas del cuello que le conferían un carácter algo masculino. Era dueña de una belleza dura, desafiante. Los ojos negros, oblicuos y vivaces, combinados con el cuchillo, resultaban, cuanto menos, inquietantes.

—Digamos que puedo ser el defensor de Ramón —titubeó el ayudante del inspector Vucetich, mientras se apretaba la herida del cuello con un pañuelo.

—¿Abogado? —preguntó la mujer con tono despectivo.

—No exactamente —repuso Diamant de manera ambigua.

—Si quiere sacarme un cobre, conmigo se ha equivocado —lo previno Matilde.

Diamant sonrió y negó con la cabeza.

—¿Qué quiere saber? —interrogó ella sin ambages.

El ayudante del inspector fue al punto:

—Quiero saber por qué se pelearon con Francisca el día anterior al crimen.

—Porque esa mujer es mal bicho. No ha hecho más que daño —contestó Matilde a la defensiva.

—¿A quién le ha hecho daño? —quiso saber Diamant.

—A quiénes, dirá —dijo, resopló y agregó—: A todo el que le anda cerca.

—¿A qué se refiere?

—Pregúntele a cualquiera —barruntó la mujer, buscó las palabras más adecuadas y, sin ningún decoro, lanzó—: Todo el mundo sabe que es una puta. Todo el mundo —repitió con la clara intención de amañar un consenso improbable—. Todo el mundo, menos el Ponciano, que no quería saber. No quería ver ni escuchar a nadie. Un hombre que es hombre no puede aceptar. Yo no me meto en la vida de nadie. Pero esos pobres gurises no se merecían eso —remató Matilde con ánimo intrigante.

—¿A qué se refiere con "eso"? —profundizó Marcos Diamant.

—Los dejaba ahí, solos en el rancho, y se iba ya sabe adónde… —dijo ella, no sin malicia.

—No, no lo sé. ¿Adónde? —quiso averiguar Diamant.

—¡Ja! Cada cual es dueño de su vida. Pero hay cosas que están mal, señor. —La mujer miró hacia ambos lados con teatralidad y en tono confidencial, chismorreó—: Se empezó a venir el hombre a la casa cuando estaban los críos. Ellos veían todo. Un día el hombre, en cueros como estaba, corrió a los gurises a fustazo limpio por la calle para poder hacer sus cosas.

—¿A quién se refiere? —acicateó Diamant.

—¡Ja! Todo el mundo lo sabe. Menos el Ponciano, que no ha querido enterarse —insistió la mujer.

En ese punto le cambió la expresión a Matilde, como si temiera pronunciar el nombre de ese a quien llamaba "el hombre".

—No me ha dicho por qué pelearon con Francisca —volvió a inquirir Diamant.

Entonces ella dejó escapar un borbotón de palabras lacerantes:

—Porque Ramón ha hablado con el Ponciano. Le ha dicho que su mujer era una puta. Así le ha dicho. Que era una puta que se traía al hombre a la casa cuando estaban los gurises. Pero él no quería escuchar. Ni entrar en razón quería. Y el Ponciano le dijo que cómo decía esas cosas, que cómo sabía si estaba todo el día con él en el trabajo. Entonces Ramón le dijo que sabía todo "porque la Matilde me lo ha contado", así le ha dicho. Ramón le dio consejos de amigo y compadre. Le dijo que tenía que dejar a la Francisca y llevarse a los críos, que no podía dejarlos en la casa, que el hombre se aparecía cuando él estaba en el trabajo y los gurises veían todo.

Marcos Diamant no tenía forma de saber cuánto había de cierto en aquella revelación. Sospechaba, sin embargo, que esas palabras tal vez hablaran más de quien las pronunciaba que de aquella a quien estaban dirigidas.

La mujer de Velázquez, compelida por el impulso de su propia vehemencia, continuó:

—La Francisca me ha venido a increpar acá a mi casa —bramó—; que por qué le llenaba la cabeza con mentiras al Ramón, me ha dicho. Que Ramón quería convencer a Ponciano de que su mujer era una puta, que por mi culpa se decían cosas de ella. Que yo era una carancha, decía, que yo le guardaba inquina porque ella tenía hijos y yo no podía. Eso me ha dicho acá, en mi propia casa. Y yo no se lo iba a permitir. Me acusó de que yo era una puta que le quería robar al Ponciano. ¡Ja! ¡Al Ponciano! Todo porque ella se veía con el hombre en su casa cuando estaban los críos.

Matilde hablaba con odio. O acaso con el rencor propio que deja el afecto traicionado. Eran comadres y habían compartido una vida juntas. Ambas habían visto crecer a los niños. A su modo, las dos deberían sentirlos propios; una porque los tuvo, la otra porque no había podido engendrarlos. Desde que Salomón sometiera a juicio a las dos mujeres, se sabía que la maternidad y el deseo de ser madre no siempre iban por el mismo camino.

—¿Quién es el hombre? —insistió Diamant.

La mujer bajó la vista y, como a su pesar, con la voz algo vacilante, dijo:

—Maciel, Rufino Maciel.

Bajó el cuchillo, suspiró y agregó:

—Ramón no ha matado a esos gurises. Si quiere ser el defensor de mi marido, ya sabe ande tiene que ir.

Diamant comprobó con el pañuelo que la herida ya no sangraba. Se incorporó y se encaminó hacia la puerta. Matilde se quedó sentada. Antes de que el ayudante saliera, le dijo:

—Oiga… Maciel es de temer. Y usté es medio flojo… Yo en su lugar no iría solo.

Diamant tuvo el impulso de salir en ese mismo momento a buscar al tal Maciel. Estaba atardeciendo. El frío, la lluvia y el invierno acortaban demasiado la luz. Lo mejor, se dijo, sería dejarlo para la mañana siguiente. Las razones para postergar la búsqueda eran convincentes. Pero comprendió que existían otros motivos más serios. Las prevenciones de la mujer y la herida en el cuello lo llevaron a sospechar que pudiera tratarse de una trampa. Sin que Matilde lo notara, Diamant había tomado el cuchillo de la mesada con el pañuelo y se lo había guardado en el bolsillo.

12

Había caído la noche cuando Vucetich y Diamant coincidieron en la entrada del hotel cerca de las diez. Había sido un día largo. Estaban exhaustos, hambrientos y muertos de frío. Ambos tenían, sin embargo, el grato cansancio de la tarea cumplida. Diamant había conseguido interrogar a dos de los principales sospechosos y tenía información para buscar a un tercero. El inspector, por su parte, traía excelentes noticias: había ido a ver al fiscal y, ya sin el compromiso del secreto, le hizo saber que era el enviado del Poder Ejecutivo Nacional. Mientras atravesaban el parque, Vucetich le contó cómo había recuperado las huellas digitales y su laboratorio de viaje completo:

—Tendría que haber visto la cara del fiscal cuando le mostré la nota firmada por el presidente. Se puso más blanco que el papel.

—Tal vez debimos hacerlo antes —reflexionó Diamant.

—No, de ninguna manera. No estábamos autorizados para hacerlo. Era una misión confidencial, al menos, hasta que nos descubrieron los anarquistas —dijo terminante el inspector.

En realidad, ni siquiera habría hecho falta que Vucetich le exhibiera al fiscal la orden presidencial. Fue tal la furia con la que entró al despacho de Hermes D'Andrea que el funcionario temió por su vida. El inspector sabía que los burócratas solo respondían al miedo y se postraban ante quien gritaba más fuerte. Cualquier cosa que pudiera hacer peligrar el sueldo del Estado era percibida como la peor de las amenazas. En el parque se volvieron a cruzar con el mismo hombre de barba clara y bombín que había entrado en la veranda durante el desayuno. Era de los pocos que no usaban bata blanca.

—¿Ese tipo trabaja en el hotel? —se preguntó Vucetich en voz alta.

Se dieron vuelta para ver adónde iba, pero ya no estaba, como si se hubiera evaporado en la oscuridad. Iban a comentar ese curioso hecho cuando notaron que había una cantidad de carruajes estacionados alrededor del camino de grava que serpenteaba entre las palmeras. El botones les abrió la puerta de manera mecánica, sin demasiada cortesía. El hall estaba vacío y en la recepción, el conserje, solitario, ni siquiera los saludó. Caminaron hasta el salón y descubrieron que estaba en semipenumbra. Las mesas vacías, sin servicio, y las cortinas de los ventanales cerradas no ofrecían una atmósfera precisamente acogedora. Se quedaron de pie en el centro del comedor y carraspearon de manera sonora para hacerse oír y que los ubicaran en una mesa. Pero no acudió nadie. Avanzaron y ocuparon una mesa de dos junto a una ventana. Desde el fondo escucharon por fin el paso de alguien del personal. Era un mozo despojado del uniforme quien, desde lejos y sin protocolo, les informó que la cocina ya estaba cerrada.

—Son apenas las diez de la noche —le dijo Vucetich mientras se incorporaba y caminaba hacia él. Cuando lo tuvo enfrente, agregó—: Estamos famélicos.

—El comedor está cerrado. Pero déjeme averiguar si pueden servirles la cena en la habitación —dijo el hombre con más ganas de escapar de la situación que de solucionar el problema.

—Qué extraño —murmuró el inspector.

—Muy extraño. A menos que alquilen el parque como cuadra para estacionar, yo habría dicho que había una fiesta —dijo Marcos Diamant.

En efecto, era notable el silencio y la quietud que reinaba en el hotel en contraste con la cantidad de carruajes estacionados afuera. Aquel misterio venía a sumarse al de los pasajeros que deambulaban cuales muertos en vida por la mañana y luego desaparecían como si se los tragara la tierra.

En ese momento volvió a entrar el mozo y les confirmó el ofrecimiento: podía subirles a sus cuartos algún plato frío, ensalada, quesos, fiambres, pan y unas frutas.

El estómago de Diamant se pronunció, terminante, con un ruidoso borborigmo que sonó como un literal clamor intestinal.

—Por favor, háganos el bien. Llévelo a mi habitación, la 116, así puedo cenar con mi asistente.

—Perfecto, adelántense, por favor; ya les llevo el servicio —dijo el mozo y esperó que ambos se alejaran, como si quisiera que se metieran en la habitación de una vez por todas.

—Me temo que no somos bienvenidos, mi estimado —comentó Vucetich.

—Yo no sería tan concluyente; el comisario nos ofreció un tren de regreso, el fiscal nos quiso ahorrar el trabajo, los anarquistas nos han hecho una hermosa recepción, incluso le decoraron el traje con detalles colorados, y al final del día nos llevan los restos de la cocina a la habitación; un exquisito *buffet froid* —enumeró Diamant.

—Tiene razón, como siempre; no sé de qué me quejo.

Frente a frente, el inspector y su colaborador se sentaron a esperar la comida no sin cierta desesperación. Luego del desayuno, interrumpido por la amable visita del comisario, no habían vuelto a probar bocado. Era, sin embargo, una lastimosa competencia entre el sueño y el hambre. En ese estado de sopor, se hizo un silencio absoluto, hasta que algo indefinido se metió en la duermevela en la que había ingresado Juan Vucetich. Sin abrir los ojos se llevó la palma de la mano al oído y le preguntó a su asistente:

—¿Escucha?

Diamant inclinó la cabeza a uno y otro lado con la actitud de un perro que quisiera acomodar las orejas para encontrar la fuente de un ruido inaudible para el oído humano.

—La verdad es que no… —empezó a decir, pero el inspector lo interrumpió llevándose el índice a los labios.

Vucetich tenía oído de músico porque, de hecho, lo era. En su breve paso por Uruguay, antes de instalarse en Buenos Aires, se supo ganar la vida como violinista callejero. Lo hizo con tanto talento que el máximo primado de Montevideo, al descubrirlo en la plaza, lo contrató para que interpretara durante los oficios religiosos. Aquella experiencia como músico la había traído consigo desde el Adriático cuando, durante el servicio militar obligatorio, integró las filas de la marina y compuso obras musicales para la Orquesta Militar de Pula. No solo conservaba aquella juvenil pasión por la música, sino que el don del oído absoluto se acompañaba en su caso con una audición sensible hasta el insomnio: podía aturdirlo el zumbido lejano del vuelo de una mosca, el crepitar de los elásticos de la cama o el silbido del viento.

Ante la mirada curiosa de su asistente, el inspector se incorporó lentamente y tomó una copa de cristal que acompañaba el arreglo del vino de bienvenida. Se llevó la base a la oreja y, con la parte superior a guisa de cuerno, auscultó las paredes. El examen de los muros del cuarto lo conducía, en todos los casos, hacia el suelo.

—¿Oye?

Diamant negó con la cabeza para que no se colara su voz al estetoscopio de cristal del inspector.

—Son voces…, son las voces de los muertos…

—*Oi, oi, oi. Oi gevalt*[8] —murmuró el ayudante en idish, con una mezcla de incredulidad e inquietud.

Vucetich apoyó la copa contra el piso, pero la madera no permitía conducir el sonido como el material de las paredes. Entonces fue al baño; primero se trepó a una silla para escuchar en el interior del ducto de ventilación cerca del techo y luego pegó la oreja a la rejilla del piso.

—Viene de abajo, de la entraña de la tierra, ahí donde habitan los muertos —insistió el inspector, mientras Diamant continuaba con su retahíla para invocar la protección de Dios.

En ese momento, golpearon la puerta. Ambos dieron un respingo, sobresaltados; uno, porque los golpes multiplicaron su intensidad en la concavidad de la copa, y el otro porque la alusión a los muertos que se reían bajo tierra había conseguido inquietarlo.

Era la comida. Marcos Diamant estaba tan hambriento que aquellos miserables trozos de queso amarillento y pan reblandecido le parecieron un banquete. Incluso las fetas de jamón, que la religión le vedaba, con los bordes retorcidos por la sequedad lucieron ante sus ojos como un manjar prohibido.

Vucetich dejó la bandeja sobre una patena decorada con flores que empezaban a marchitarse y arrastró de un brazo a Diamant para que auscultara el caño del desagüe con la copa. El asistente creyó escuchar, ahora sí, unas voces lejanas, gritos en sordina e incluso unas carcajadas que, al provenir desde el averno al que conducían las cañerías, le resultaron diabólicas.

—Vamos, hay que encontrar ese aquelarre —le ordenó el inspector a su ayudante y agregó—: Póngase elegante, que la situación lo amerita.

—¿No podemos comer antes? —suplicó Diamant, famélico.

---

[8] Expresión en idish que denota preocupación o miedo.

—No hay tiempo —decretó Vucetich. Guardó el maletín con las huellas recuperadas bajo llave y arrastró a Diamant del brazo. Con la mano libre, el colaborador pudo atrapar al vuelo un par de cubitos de queso. Salieron del cuarto a buscar la entrada que los llevaría a un infierno inesperado.

13

El hotel parecía vacío. A media luz en unos tramos y a oscuras en otros, Vucetich y Diamant recorrieron pasillos y recodos, hasta que descubrieron una escalera de servicio que conducía a las áreas reservadas al personal. Bajaron los peldaños empinados y resbaladizos que los condujeron al subsuelo, justo debajo de la cocina. La estructura subterránea repetía la arquitectura de los pisos superiores: un enorme cuadrado que en la planta baja rodeaba el patio central al cual daban las puertas de las habitaciones. Debajo del patio debería haber, según dedujo el inspector, un recinto de las mismas dimensiones que aquel. Vucetich pegó la oreja contra la pared húmeda y fría e invitó a su ayudante a que lo imitara; entonces sí, Diamant pudo escuchar con claridad el bullicio proveniente del otro lado del muro. Eran voces, risas, gritos y otros sonidos indefinidos que delataban la presencia de una multitud.

La entrada principal tenía que estar en algún lugar fuera del hotel, conjeturó Vucetich, y debía comunicarse mediante un túnel con el salón subterráneo. El acceso, secreto y custodiado, no sería fácil de sortear, de modo que tendrían que buscar otro ingreso. Siguieron el perímetro de la pared en medio de la oscuridad absoluta, hasta que vieron un tenue destello proveniente de un ángulo entre el techo y el muro. Se acercaron y comprobaron que era una rejilla de ventilación. Vucetich le ofreció la espalda a su colaborador para que se trepara a horcajadas sobre sus hombros. Liviano y flexible, en un solo salto alcanzó la reja y miró a través de las ventilas. La escena se le antojó como un viaje a otro mundo: en el medio de aquel páramo junto al mar salvaje, debajo de los médanos agrestes, se ocultaba el salón más lujoso que había visto en toda su vida. Una fila circular de columnas corintias de fuste y volutas doradas a la hoja sostenía el cielo raso desde cuyas alturas pendían arañas de incontables candelabros e infinitos caireles de cristal. Cortinados púrpura cubrían falsas ventanas que no daban a ninguna parte, pero amortiguaban el sonido. Hombres de *smoking* y mujeres con vestidos de cola se apiñaban alrededor de sucesivas mesas de ruleta, tapetes de *vingt-et-un, baccarat*, póker y pase inglés. Los *croupiers*, de impecable librea, cantaban los números con acentos lejanos y diversos, como si los hubiesen traído de los casinos de Spa, Baden-Baden o Montecarlo.

—Vamos a buscar una entrada —le dijo Vucetich a su colaborador, mientras se ponía en cuclillas para que aterrizara.

Siguieron el contorno del muro hasta que descubrieron otro ducto que comunicaba con un *toilette*.

—Muy bien, ya tenemos nuestro pase —dijo el inspector a la vez que le alcanzaba a Diamant, otra vez subido sobre sus hombros, un destornillador oculto en el interior de una pluma.

—Pero ¿si fuera el baño de damas? —preguntó el asistente mientras aflojaba los tornillos de la ventila de chapa.

—En ese caso, usted será la señorita.

Diamant no festejó la gracia. En esa posición, montado sobre otro hombre, la humorada le resultó francamente inoportuna.

—Vamos, hombre, ¿nunca se equivocó de puerta? —quiso enmendar Vucetich.

—Sí, pero nunca de hueco de ventilación… —contestó—, no suelo entrar así a las veladas de etiqueta. Convengamos que no es algo… habitual.

—Lo que no es habitual, mi estimado, es encontrarse un casino clandestino comparable al de Venecia debajo de las dunas en las que el diablo perdió el poncho, a más de quinientos kilómetros de la civilización.

Diamant finalmente quitó los cuatro tornillos, retiró la rejilla, se la pasó a su jefe y, en un solo salto, tuvo medio cuerpo del otro lado del muro. La ventilación estaba justo encima de un elegante retrete de porcelana inglesa decorado con flores y, afortunadamente, desocupado. Al elástico políglota no le costó ningún trabajo hacer pie dentro del pequeño recinto. Lo cerró con la traba y esperó que se asomara el inspector, cosa que sucedió luego de varios intentos fallidos. Cuando por fin emergió a través del ducto, le fue acomodando las piernas de modo que cayeran sobre la tapa del inodoro barroco. Ambos hombres, que cabían con cierta dificultad en el cubículo, se arreglaron la ropa mutuamente para verse presentables y salieron al mismo tiempo. Entonces pudieron confirmar la sospecha del traductor: no habían terminado de abrir la puerta, cuando se toparon con una mujer joven, hermosa y perfumada. Vucetich solo atinó a decir:

—Señorita Diamant, después de usted.

La dama disimuló la risa detrás del abanico y, con un gesto comprensivo, le susurró al oído al rubio grafólogo:

—No se aflija, yo también estoy trabajando.

Superado el amable bochorno, finalmente pisaron la alfombra purpúrea.

—Bueno, esto explica al menos una parte del misterio —le dijo Vucetich a Diamant, mientras se metía ambas manos en los bolsillos del pantalón—. A propósito, ¿trajo algo de efectivo?

—No me diga que piensa jugar. ¿Le tengo que recordar que somos policías y que este es un casino clandestino?

—No, no, mi estimado. Esto no es un juego, es una investigación.

—¿Y cuáles son sus primeras conclusiones?

—Entiendo por qué nos querían fuera del hotel, de la ciudad y lejos de cualquier escándalo que pudiera atraer la atención.

—Está muy claro —le dijo Diamant, mientras le daba unos billetes a su jefe.

El palacete subterráneo que acababan de descubrir explicaba el motivo por el cual el comisario quería despachar a los federales lo antes posible. Todo ese lujo bajo tierra, las mesas de raíz de nogal, dignas de los casinos más opulentos de Europa, los cientos de miles de pesos que quedaban en la banca cada día y cada noche precisaban discreción. Nadie ajeno a la rueda de la fortuna debía asomar la nariz ahí abajo. Aquel reducto era la razón del apuro del comisario y del fiscal para cerrar cuanto antes el caso de los niños muertos. Ese casino subterráneo no habría podido funcionar una sola noche sin la complicidad de la policía, la justicia y la política. Una larga investigación de los crímenes podía azuzar un escándalo y suponía el riesgo de que descubrieran el nido oculto de la gallina de los huevos de oro. Cosa que, por cierto, acababa de suceder.

—Por eso, estimado, nos querían afuera; para ponerle punto final al caso y que el chivo expiatorio fuera el que menos ruido pudiera hacer. No importaba si era culpable o inocente. Importaba que no atrajera más miradas y que todos se olvidaran rápidamente de los asesinatos —razonó Vucetich.

Ese era, además, el motivo por el cual los pálidos pasajeros del hotel desaparecían de manera misteriosa. Literalmente, se los tragaba la tierra. Emergían como muertos que se levantaban del sepulcro solo para desayunar y descansar un par de horas diurnas. Luego volvían como murciélagos para revolotear en el fondo de la cueva hasta dejar el último rescoldo de vitalidad.

Pero no era lo único que dejaban. En la banca quedaban billetes, cheques y hasta alhajas. Cuando se acababa lo que traían en los bolsillos, en las carteras, en los dedos y alrededor del cuello, podían verse sobre el tapete títulos de propiedad de campos, casas y terrenos.

Desde el rincón más oscuro del salón, Vucetich y Diamant iniciaron un examen del lugar. Debían identificar al personal de seguridad formal y al que estaba disimulado entre el público. Tenían que establecer, también, un perfil de los apostadores y de los *croupiers*, los dos bandos de una guerra silenciosa, desigual, plagada de trampas y recelos mutuos.

El inspector echó una mirada general, a vuelo de pájaro, de mesa en mesa. De pronto, sus ojos se detuvieron en la figura de una mujer que apostaba a la ruleta. Y no solo se le congeló la mirada; también el corazón se le detuvo un segundo, le dio un vuelco en el pecho y retomó su marcha a la carrera, acelerado.

—¿Se siente bien? —le preguntó su asistente al verlo pálido.

Vucetich examinó de arriba abajo a esa mujer hermosa, delgada y distinguida que jugaba aparentemente solitaria. Tenía un gesto entre altivo y reconcentrado, mientras sostenía una copa de champagne. No mostraba la excitación contenida de los jugadores compulsivos ni el rictus sereno de quien se divertía. Tampoco la actitud mecánica de los que iban a los casinos a hacer "la diaria". Había algo diferente, misterioso. No bien la vio, supo que debía suspender el juicio, las impresiones propias y establecer comparaciones, medidas y proporciones si quería resolver el enigma que se le planteó. Juan Vucetich podía calcular el peso y la estatura de una persona con una precisión asombrosa. La mirada del hombre le dio paso a la del antropometrista. La observaba ahora con el ojo exacto, matemático y frío de un profesional. Tenía que hacer abstracción de la delicada belleza de aquella cintura estrecha y no evaluarla en relación con la sensual convexidad del torso desafiante, erguido, sino con las proporciones de la anatomía científica. No podía permitirse una contemplación epicúrea de la curva abrupta que se precipitaba desde el talle a las caderas. Debía ser un mero agrimensor sobre un plano catastral y no un filibustero que quisiera quedarse con un tesoro.

—Es perfecta… —musitó como para sí.

—Lo felicito por el buen gusto, pero no creo que sea el momento de distraerse.

No era una opinión ni un juicio de valor, sino una tesis. Era perfecta, sí. Pero no solo en el sentido que podía obnubilar el juicio, sino desde el más puro punto de vista antropométrico.

—Me refiero, estimado, al canon que estableció Leonardo da Vinci en el *Estudio de las proporciones ideales del cuerpo humano*.

—¿No era un hombre el del dibujo? —preguntó con sorna, al aludir al Hombre de Vitruvio.

—Llámela la mujer de Vitruvio, no interesa. Lo que importa es que no es frecuente encontrar una persona de proporciones áureas absolutas. Fíjese. Ahora imagine que nuestra *donna vitruviana* separara las piernas; si las abriera lo suficiente como para que…

—Cuidado con lo que va a decir…

—Por favor, son las reglas básicas de la antropometría. Le decía, si abriera las piernas como para que la estatura se redujera un cuarto y en esa posición estirara los brazos y levantara los hombros hasta que los dedos estuvieran al mismo nivel del borde superior de la cabeza, el centro geométrico sería un perfecto triángulo equilátero. Muy pocas mujeres, de hecho, muy pocas personas, cumplen la regla de Da Vinci.

—No sé a dónde quiere llegar…

—Mire —conminó a su asistente para que no desviara los ojos de la mujer y continuó—, desde la parte superior del pecho al nacimiento del pelo, es exactamente la séptima parte de la estatura.

—Supongamos que así fuera, ¿entonces…?

—No, no, no; no hay que suponerlo; es exactamente así. Y eso no es todo —dijo como quien exclamara *eureka*—, desde los pezones —citó textualmente a Leonardo marcando las comillas en el aire con los dedos índice y mayor de cada mano— al extremo superior de la cabeza será la cuarta parte. Y para completar la armonía ideal, la anchura mayor de los hombros contiene en sí misma la cuarta parte.

—¿Y qué me quiere decir con eso?

—Lo que le quiero decir es que nadie puede encontrarse con una persona de proporciones perfectas dos veces en dos días. ¿Se da cuenta? Haga memoria.

El traductor buscó dentro de su cabeza hasta que de pronto se iluminó:

—¿Se refiere a la mujer que le dejó el recuerdo en el abrigo?

—Diez recuerdos para ser precisos…

—Diez recuerdos rojos…

—Veo que se está despertando, estimado.

—La pregunta es ¿qué hace una anarquista en el antro más decadente del capitalismo decadente, vestida como una burguesa decadente, bebiendo champagne decadente?

—¿Tiene alguna hipótesis? —le preguntó Vucetich a su asistente para ponerlo a prueba.

—La primera es sencilla y hace honor a la vieja caracterización del "socialismo de casino": Bakunin de día, Baco de noche…

—Tal vez no sean excluyentes. Fíjese en las demás mesas de ruleta. Nuestra mujer de Vitruvio no está sola. Está jugando en equipo.

Entonces Vucetich le señaló con discreción a cada uno de los cómplices mezclados entre los apostadores en diferentes mesas. Rápidamente identificó a cinco hombres y otra mujer. Se comunicaban entre ellos con señas: se rascaban el mentón o el oído con la cantidad de dedos de la cifra que querían transmitir, mano derecha para las decenas, mano izquierda para las unidades. Uno de ellos era el encargado de memorizar las secuencias y otro daba las indicaciones para las apuestas. De acuerdo con la frecuencia de las rachas, los integrantes del equipo iban rotando en las mesas.

—Fíjese que curioso: nuestra *donna vitruviana*, tal como le decía, guarda en su propio cuerpo las proporciones que Leonardo tomó de Fibonacci. Pero si presta atención a cómo apuesta, descubrirá que la misma regla de Fibonacci se hace extensiva a la forma en la que piensa.

—¡No me diga que sabe lo que ella está pensando!

—Sí, claro. Si se fija en cómo apuesta descubrirá cómo razona. Observe, está jugando a color. El monto de cada apuesta sigue la secuencia del número de oro: 1-1-2-3-5-8-13-21-34... Es decir, cada vez que pierde, apuesta la suma de las dos anteriores. Es casi poético: el índice que mueve las apuestas, hace girar la rueda y señala a ganadores y perdedores tiene exactamente la misma proporción: si la primera falange mide dos centímetros, la segunda medirá tres, la tercera cinco y la cuarta ocho: 2, 3, 5 y 8. Pero hay algo todavía más asombroso. Espéreme acá.

Extasiado con sus propias elaboraciones, el inspector bordeó la pared semicircular sin salir de la periferia menos iluminada del salón. Fue hasta las cercanías de la mesa en la que jugaba la mujer y se quedó a sus espaldas. Cuando ella se inclinó para apostar, él tomó con sigilo la copa vacía en la que había bebido. Hizo de cuenta que era la suya, y volvió con su botín de cristal.

El inspector tomó la copa por el tallo y la elevó para mostrarle a su colaborador el cáliz a trasluz. Podían verse con cierto detalle las huellas digitales. A simple vista, el patrón dactilar coincidía con el de esa mujer que le había decorado el abrigo el día anterior.

—Como le decía, la huella del dedo que gobierna el mundo sigue, en sus volutas, la misma secuencia del número áureo. En este universo todos jugamos el mismo juego y dejamos los rastros de nuestros pasos sin darnos cuenta. Veamos ahora, amigo mío, a qué juego macabro han jugado con esos pobres niños.

14

En el rincón más sombrío del casino, Vucetich y Diamant se tomaron el tiempo necesario para descubrir la trama de los anarquistas. No tardaron en deducir que los siete integrantes del equipo disimulado entre el público, aunque entonces llevaban la cara tapada, estaban en la protesta del día anterior frente al hotel. El antropometrista no solo había reconocido a la mujer que le había estampado los dedos en el abrigo; la otra, unos años mayor y algo entrada en carnes, era la que sostenía la pancarta que decía "Ni Dios, ni patrón, ni marido". Otro de los conjurados, cuya estatura orillaba los dos metros, le resultó inconfundible. Vucetich no necesitaba ver una cara para identificar a una persona.

La respuesta a la pregunta de Diamant acerca de la aparente contradicción entre el carácter revolucionario del grupo y la decadencia condensada en ese sótano, a esa altura, resultaba evidente. Era una de las tantas formas de financiar al movimiento anarquista. Ellos, de hecho, no deberían encontrar ninguna contradicción; al menos, ninguna que no se resolviera mediante el método dialéctico. Las leyes, en esencia, no eran más que un burdo modo de control del Estado. Finalmente, la agrupación anarcosindical era tan clandestina como ese casino. Pero, además, encontraban que jugar con trampa en un antro ilegal resolvía el problema moral, en tanto dos actos negativos resultaban en otro positivo. Era la misma lógica que aplicaban cuando asaltaban bancos o dinamitaban edificios con personas en su interior alrededor del mundo. Ellos eran moralmente superiores y los asistía un derecho que estaba por encima del derecho.

Ahora bien, frente a todas estas observaciones se imponía una pregunta: si el inspector y su ayudante habían podido descubrir en unos pocos minutos aquella trama, ¿cómo era posible que no la hubiesen descubierto los *croupiers* y el personal de seguridad? Esa fue, de hecho, la pregunta que Marcos Diamant le hizo a Vucetich:

—¿Podrían no haberse dado cuenta los *croupiers*?

—¿Escuchó los acentos? —le hizo notar el inspector.

—Sí, pero… ¿usted sugiere que ellos también…? ¿Por el solo hecho de ser extranjeros? ¿Eso no es un prejuicio? —preguntó el ayudante de manera retórica.

—No sugiero nada. Intento establecer hipótesis. De hecho, una hipótesis es un prejuicio que se puede confirmar o bien desechar. Prejuicioso, en el sentido que usted aplica el término, sería descartar una hipótesis por temor a lo que puedan pensar los demás —sentenció el inspector.

—Bueno, eso de sospechar de alguien porque nació en otra parte… ¿Está de acuerdo con la deportación de extranjeros que pretende Miguel Cané? —quiso saber el ayudante.

—Estimado, no diga tonterías… ¿Tengo que recordarle que yo soy extranjero? Lo que digo es que los *croupiers* tienen el mismo acento con el que hablan los dirigentes en los mítines —dijo algo exaltado Vucetich.

—Le voy a contar un secreto; no se lo diga a nadie —murmuró Marcos Diamant y completó en el oído del inspector—: Usted habla con acento extranjero.

—¡No se lo voy a permitir! ¡Yo hablo perfecto castellano y no tengo acento en absoluto! —dijo con una pronunciación plagada de consonantes sólidas y vocales intermedias, propias de las lenguas eslavas.

Más allá de la discusión trivial, estaban frente a un hecho inapelable. El juego clandestino, la prostitución, el contrabando y la trata de personas tenían algo en común. Eran las cajas negras que alimentaban la boca insaciable de la política. Quequén tenía todo para que proliferaran los brotes verdes, el color de los altos augurios, pero también el de las bajas pasiones. Había un puerto, una flamante conexión ferroviaria y estaba rodeada de campos fértiles. Del otro lado del puente se vislumbraba el nacimiento de una ciudad gemela donde expandir los negocios. Tenía todo, en fin, para que la política echara raíces profundas. Tan profundas como aquel casino subterráneo. El anarquismo era, a su modo, parte de la política. No solo porque los políticos, el ejército y la policía se presentaban como la garantía del orden ante la amenaza del caos. A los ojos de ciertas capillas intelectuales y artísticas, los anarquistas tenían el poético encanto del romanticismo. Muchos los miraban con la simpatía que despertaban los más débiles: la épica del David justiciero contra un Goliat prepotente. A veces resultaba útil fingir empatía con los ideales anarquistas para conseguir el favor de ciertos cenáculos intelectuales y dirigentes obreros con cierto predicamento. En cualquier caso, era bueno que estuvieran ahí, como amenaza o como utopía. Aquel casino era una suerte de manantial en la selva donde animales diversos se daban una tregua para beber en paz. Ya tendrían tiempo para volver a enfrentarse.

El *croupier* cantó "Negro el trece". Cuando la mujer se disponía a recoger la ganancia apilada sobre el rombo, sucedió algo que hizo enmudecer al inspector. Ella levantó la mirada del tapete. Sus ojos azules se clavaron en el centro de las pupilas de Juan Vucetich como un par de lanzas precisas, agudas. Lo miraba con una malicia sensual.

—Nos han descubierto —dijo sobresaltado Diamant.

—No, de ninguna manera —contestó el inspector—, no nos han descubierto, siempre han sabido que estábamos aquí. ¿Usted cree que estar en un rincón oscuro nos hace invisibles?

—Si saben que usted es policía, ¿por qué nadie se altera?

—En primer lugar, porque creen que nosotros no sabemos quiénes son ellos y en segundo, porque todo el mundo sabe que los negocios clandestinos están apañados por policías.

—Pero entiendo que usted no es esa clase de policía.

—Esta noche lo sabremos —dijo sin despegar la mirada de la muchacha.

Ella guardó a presión los billetes en una cartera mínima de malla de plata y en el mismo acto extrajo algo que Vucetich no alcanzó a distinguir. Dejó una propina generosa y enfiló directo hacia donde estaba el inspector sin dejar de mirarlo. Avanzaba con una mano oculta detrás de la espalda. Mientras se acercaba, ondulante y decidida, la seguía una rémora de miradas masculinas. Indiferente a los comentarios susurrados a su paso, dejaba detrás de sí una estela de cuellos torcidos. Cuando la mujer se detuvo frente a él, tan cerca como para sentir el calor de su aliento, el inspector tuvo el impulso de defenderse. Pero permaneció inmóvil. Estaba seguro de que iba a volver a agredirlo y temió que esta vez pudiera ser un ataque mortal. El enfrentamiento entre la policía y los grupos anarquistas era cada vez más sangriento. Desde que Giovanni Passannante había intentado apuñalar a Humberto I en Italia se habían sucedido una docena de atentados anarquistas alrededor del mundo. Juan Vucetich sabía que los impulsores de los métodos de identificación estaban entre los principales blancos libertarios. Por aquellos días Cesare Lombroso estaba preparando su libro *Gli anarchici*. Las declaraciones del criminólogo italiano en contra de esos grupos pusieron en la mira a los principales investigadores. Vucetich no solo era quien más había avanzado en el método dactiloscópico, sino que mantenía un intercambio epistolar fluido con Lombroso. Ese solo hecho lo convertía en objetivo de la furia anarquista. Sin embargo, el inspector no atinó a defenderse. Se quedó inmóvil. La miraba.

Que Vucetich y Lombroso cambiaran opiniones no significaba que coincidieran. El argentino dudaba de las consideraciones del italiano sobre la relación entre la fisonomía y la personalidad. "No he visto todavía un anarquista que no sea imperfecto o jorobado, ni he visto ninguno cuya cara sea simétrica", había escrito Lombroso. La sola existencia de esa mujer era la desmentida concluyente de cada una de aquellas palabras. Vucetich conjeturaba que ella era perfecta en términos antropométricos. Pero cuando la tuvo enfrente, cara a cara, debió admitir para sí que lo era en términos absolutos.

Acaso nadie se dio cuenta de que eran los últimos segundos de la vida del antropometrista. Marcos Diamant, un paso más atrás, permanecía absorto como si fuera el único espectador de una obra que se desarrollaba frente a sus ojos privilegiados. La mujer, cuya mano derecha estaba oculta detrás de la espalda, en un movimiento imperceptible, trajo el brazo al frente. Apretaba algo dentro del puño. Pero el inspector no podía despegar la mirada de los ojos azules de la muchacha. Igual que la víctima frente a la cobra, estaba paralizado.

La mujer abrió la mano y le susurró algo al oído. Fueron las últimas palabras que escuchó el investigador.

15

Vucetich interpretó la palabra que la muchacha anarquista le susurró en el oído como si se tratara de una sentencia:

—Fuego.

El inspector cumplió la orden sin vacilar: el hombre fusiló al científico sin compasión ni miramientos. Todas las consideraciones antropométricas se derrumbaron al pie del paredón hecho con una argamasa de belleza y malicia. Los cálculos de las proporciones áureas cayeron de rodillas ante el fuego que el varón disparó contra el investigador. El verdugo, libre de las ataduras de la razón, se dejó arrasar por la voz profunda de la muchacha. Aturdido por la ejecución sumaria, olvidó el motivo que lo había conducido hasta aquellas profundidades.

Desde que había enviudado, el inspector no había vuelto a vincularse con una mujer. En ningún aspecto. La policía era un mundo de hombres. Su vida transcurría entre el Departamento Central, las cárceles, el ministerio y su despacho. A partir de la muerte de su esposa, vivía como un fugitivo en su propia casa. No permanecía en ella más que para dormir y bañarse. Cualquier excusa era buena para evitar la soledad y los recuerdos. Además de la rutina del trabajo, su agenda era una sucesión de reuniones, viajes, congresos y simposios. El retrato de Felisa lo acompañaba sobre el escritorio, la mesa de noche y el interior de la tapa del reloj de bolsillo, como una metáfora del tiempo. Los ojos melancólicos de su esposa eran una compañía, pero también una forma de vigilancia. Por primera vez desde que se había casado, la imagen de Felisa no se interpuso entre él y otra mujer. Al menos, no hasta ese momento.

Antes de perder el entendimiento, el inspector sospechaba que la joven podía esconder en la mano una daga breve o una punta envenenada. Los atentados anarquistas se caracterizaban, sin embargo, por la espectacularidad. Cada vez eran más frecuentes los ataques con bombas, como las que habían estallado en Florencia y Pisa contra el rey de Italia. O los dos atentados a tiros contra el káiser Guillermo I.

Pero cuando la mujer abrió el puño, le dejó ver al inspector dos inofensivos y delgados cigarritos envueltos en hoja de tabaco.

—Fuego —repitió, ante el silencio desconcertado del hombre.

—¿Va a fumarse los dos a la vez? —preguntó Vucetich, y antes de terminar la frase se arrepintió de la gracia carente de ingenio.

—Si me da fuego, el otro es para usted —le dijo con una sonrisa.

Juan Vucetich no fumaba. Pero siempre llevaba un encendedor Little Gem, que había traído de Nueva York, como parte de su equipo de viaje. Mientras buscaba en los bolsillos con la mano temblorosa, murmuró:

—Se lo acepto solo si fumamos juntos —dijo, y otra vez se mordió los labios. Todos los comentarios que se le cruzaban le resultaban estúpidos, jactanciosos o insuficientes.

—Claro, cómo no… —aceptó la mujer, e inmediatamente agregó—: Pero no acá, a la vista de todos.

Las mujeres no fumaban. Excepto que fueran prostitutas o anarcofeministas. Más aún, el cigarrillo era el santo y seña para ofrecerse a los potenciales clientes. Existía, incluso, una suerte de nomenclatura según el cigarro estuviese apagado, encendido o a medio fumar. La propuesta de la muchacha, que aún no se había presentado, dejaba más suspicacias que certidumbres. ¿Podía una mujer ser prostituta y anarquista? Ese era, de hecho, un gran tema de debate dentro de los grupos libertarios. No solo entre las mujeres, sino también de ellas con los hombres que se creían con derecho a intervenir en temas que no les concernían. Discusión nada fácil para las anarcofeministas; Pierre-Joseph Proudhon, padre del anarquismo francés, había escrito que a las mujeres solo les cabían dos alternativas: ser "prostitutas o amas de casa". Que la muchacha era anarquista, ya lo había rubricado con las huellas digitales sobre la ropa del inspector. Pero si estaba ganándose la vida con el cuerpo, ¿por qué razón querría evitar fumar en público?

El dactiloscopista ni siquiera había notado que su colaborador se había alejado para dejarlos solos.

—Juan Vucetich —se presentó.

Aunque fingiera oírlo por primera vez, ella ya conocía ese nombre.

—Annette —se presentó, a la vez que extendía la mano y se dejaba besar el dorso de los dedos.

Era extraño. La misma mujer que el día anterior lo había atacado oculta detrás de un velo, ahora lo seducía a cara descubierta. Por muy obnubilado que estuviera, el inspector no podía ignorar un hecho evidente: ella lo conocía, sabía perfectamente quién era él, qué hacía y a qué había viajado. Pero suponía que él no tenía forma de saber que ella era la misma persona que lo había agredido en la puerta del hotel. El inspector le siguió el juego. Quería saber hasta dónde pretendía llegar. Procedía como si fuera la primera vez que la veía. Aunque al mismo tiempo intentaba convencerse de que detrás de aquella actitud fingida, tal vez hubiese algo verdadero. Hasta tal punto se encandiló con sus propias ilusiones que olvidó que la muchacha no estaba sola, que había un grupo de anarquistas que seguramente formaban parte de ese plan de seducción.

Juan Vucetich estaba por girar la rueda del encendedor, cuando Annette, o como se llamara, le apretó la mano entre las suyas y le susurró:

—No, acá no…, no quiero que me vean fumar.

—Podemos ir a un lugar más privado —dijo el inspector, señalando unas mesas del reservado al otro lado de una separación de madera labrada, rematada con cristales de colores.

—No, no…, hay demasiados ojos indiscretos…, ¿usted se aloja en el hotel?

El inspector dio un respingo involuntario y, con el aliento cortado, asintió con la cabeza.

—Podríamos subir a su habitación…, tal vez, no sé…, pensaba que quizá…

Diamant los vio alejarse entre la gente. Ella iba un par de metros adelante. Caminaba con paso ondulante, indiferente a las miradas. Juan Vucetich la seguía con la cabeza baja, metida casi entre las solapas. No sentía pudor ante los demás, sino, acaso, ante su propia conciencia. De pronto, el inspector sintió los ojos de Felisa; no solo los de Felisa, su esposa, sino los de Felisa, la niña muerta. Se sintió miserable. Se vio a sí mismo en los subsuelos de un casino clandestino, detrás de otra mujer, tal vez una prostituta, mientras los cuerpos de los niños asesinados no tenían ni siquiera la paz del sepulcro. Por mucho que quisiera convencerse de que estaba cumpliendo una misión, sabía que se había desviado hacia un camino sórdido. Estaba perdido. Aun cuando ese sendero pudiera conducirlo a la verdad, estaba consciente de que no era esa la brújula que lo guiaba. Caminaba detrás de Annette como si ejerciera sobre él la atracción de una estrella oscura. Atravesaron la sala de juego hacia un pasillo largo, estrecho y ascendente. El ayudante vio cómo el inspector se perdía tras los pasos de esa mujer que lo había atacado pocas horas antes. Suspiró y, sin pensarlo, jugó una torre de monedas al trece.

16

El corazón de Vucetich latía ante la proximidad de esa mujer como cuando era un adolescente. Solos en la habitación del hotel, se miraban en silencio. Ella, recostada en la cama con la espalda contra la cabecera. Él, de pie con las manos en los bolsillos y el gesto contenido. Cuanto más tenso se veía él, más serena y divertida se mostraba ella. Los tacos hundidos en el colchón arrugaban las cobijas mientras iban y venían al estirar y recoger las piernas. Annette levantó la mano con el cigarro sin encender entre los dedos y dijo:

—¿Hemos venido a fumar... o qué?

Dejó la respuesta flotando en el aire para que el inspector pudiera contestar "o qué". Pero no lo hizo. En lugar de eso, extrajo el encendedor y dejó que ardiera la llama de modo que ella tuviera que incorporarse un poco para alcanzarla. Pero ahora, fue la muchacha la que se negó. Permaneció recostada con el cigarrillo apretado entre los labios, de forma que él tuviera que acercarse. Como no lo hacía, le tomó la mano con la que sostenía el encendedor y lo atrajo hacia ella. Envuelta en el humo de la primera bocanada, iluminada por la llama, le dio al inspector el cigarrillo que le había prometido. Fumaron sin hablar. Annette palmeó suavemente la cama para invitarlo a que se sentara junto a ella. Él se resistió sin demasiada convicción y luego de alguna vacilación íntima, obedeció. Ella se incorporó un poco y dejó el cigarro oblicuo sobre el cenicero. Le quitó el cigarrillo al inspector con delicadeza y lo puso junto al suyo. Las bocas de los dos habían quedado muy cerca. Annette enlazó las manos por detrás del cuello del hombre y lo besó. Juan Vucetich la dejó hacer, mientras mantenía los ojos abiertos. Temía que si los cerraba, al volverlos a abrir ella ya no estuviera ahí, que se desvaneciera igual que en un sueño. Como si sus manos estuvieran animadas por una voluntad diferente de la suya, el antropometrista recorrió la cintura breve y apretó a la muchacha contra su pecho. Se sentía ingrávido, como dentro de una grata alucinación. Sin soltarlo, ella lo condujo a su lado y lo tendió horizontal. Lo manejaba como una titiritera. Él quiso hablar, pero no pudo. En principio, porque ella le tapó la boca con la suya y luego porque, sencillamente, no le salió la voz. Tenía la sensación de estar flotando en el aire, paralelo al colchón, pero sin tocarlo. Los párpados le pesaban como si fueran dos bolsas de arena. De pronto, se le nubló la vista. Sentía que la conciencia se le evaporaba, se mezclaba con el humo del cigarro y lo abandonaba. Y ya no volvió a sentir nada más; cayó en un sopor que lo paralizó por completo.

En el mismo momento en que su jefe abandonó el salón detrás de la mujer, el *croupier* cantó "¡Negro el trece!". La torre de monedas que había apostado Diamant se convirtió en una ciudadela de treinta y seis torres iguales. A partir de entonces, la suerte no cambió. Jugó a colorado, a par y segunda columna: salió el treinta y dos. Luego apostó a primera docena, tercera columna, par y negro: salió el seis. La siguiente bola la puso en el cero. Salió el cero. Y así sucedió el resto de la noche. Marcos Diamant abandonó el casino con una bolsa de dinero en efectivo. No había contado la cantidad de billetes y monedas. Pero el peso y el volumen de la elegante saca de seda que le dieron los empleados eran suficientes para determinar que se trataba de una pequeña fortuna.

Diamant no creía en el azar. O, más bien, sospechaba que el azar era una mera apariencia regida por leyes inmutables. La sucesión de golpes de suerte no respondía a ninguno de los principios de la probabilística. De hecho, al advertir esta particularidad, decidió apostar sin arreglo a lógica alguna. Apostara del modo que apostara, siempre ganaba. Entonces, tuvo una certeza. El personal estaba jugando para él. Los policías sabían que los *croupiers* eran dueños de una habilidad sorprendente. Podían arrojar la bola de tal manera que cayera en un número determinado. Pero la pregunta era por qué motivo habían decidido hacerle semejante favor. Diamant estableció una hipótesis: los empleados lo habían visto llegar con el hombre que acababa de marcharse con la mujer que lideraba el grupo. Tal vez, pensó, por esa misma razón creyeron que era parte de la gavilla y que él había quedado en reemplazo de ella. Como quiera que fuese, después de la medianoche, el asistente del inspector decidió dar por terminada la sesión de ruleta.

Subió a su habitación, guardó el dinero en el cajón de la mesa de noche y se acostó. No sin cierta preocupación, imaginaba que su jefe estaba pasando una noche, cuanto menos, singular. Por supuesto, no iba a interrumpirlo para asegurarse de que todo estuviera bien. Antes de dormirse, contra su voluntad, se le apareció aquella frase hecha sobre la fortuna en el amor y en el juego. En este caso, aplicaba para el inspector y su ayudante. Fue lo último que pensó antes de precipitarse en un sueño profundo y placentero.

Lo primero que hizo al despertarse a la mañana fue comprobar que el dinero estuviera donde lo había dejado. Ahí estaba. Luego se vistió a las apuradas, salió del cuarto, cruzó el pasillo y golpeó a la puerta de la habitación de su jefe. Como no respondía, decidió abrir. Estaba sin llave ni pasador. Cuando abrió la puerta, Marcos Diamant descubrió al inspector exánime sobre la alfombra, cruzado delante de la entrada del baño.

Vucetich percibía que le palmeaban las mejillas y le levantaban la nuca, pero no podía reaccionar. Sentía que tenía los párpados pegados con cemento. A través del pequeño intersticio que se abrió entre las pestañas, pudo ver la cara de su asistente deformada por el vaso con agua que sostenía frente a sus ojos. Entonces se incorporó sobre los codos y vio el caos en el que se había convertido el cuarto. El ropero abierto de par en par, los cajones dados vuelta, tirados en el piso, y la ropa desparramada por todas partes.

Diamant le confirmó al inspector la peor de las sospechas: la mujer se había llevado las muestras con las huellas digitales y el equipo de viaje completo. Una vez más, como si se tratara de una predestinación, les habían vuelto a arrebatar los registros. No habían pasado dos días desde que el fiscal les incautara las tomas digitales y, nuevamente, los habían dejado con las manos vacías. Abrían y cerraban armarios y cajones y, como en las pesadillas que ocurren dentro de otra pesadilla, comprobaban que estaban vacíos. Las impresiones con las huellas de los sospechosos habían desaparecido. La mujer también se había llevado los elementos con los que podrían volver a tomarlas. Como si fuera poco, faltaba el abrigo sobre cuya tela la muchacha anarquista había dejado sus estigmas impresos con tinta roja. Estaban peor que cuando bajaron del tren.

Avergonzado, humillado y con un sentimiento de frustración inédito, Vucetich se sintió el hombre más estúpido de la Tierra. Así, con esas mismas palabras, se lo hizo saber a su colaborador. Diamant otorgó con el silencio y un gesto severo. Dos veces había estado a punto de morir; primero, cuando casi se cayó del techo del galpón y más tarde, en el aserradero donde, por poco, no terminó aplastado por toneladas de madera. Y ahora tenían las manos vacías. No hizo falta que su ayudante le confirmara a Vucetich la estupidez que había cometido. Sentía, además, que había traicionado la memoria de su esposa y, peor aún, sus propias convicciones.

—Lo más triste del caso, mi estimado, es que fue como pecar, sin siquiera haber consumado.

—No es necesario que me cuente detalles.

—Sucede que yo no pensaba entregarme a esa mujer; quería saber hasta dónde pensaba llegar. Cuál era el plan...

—Bueno, ya lo averiguó. Buen trabajo, lo felicito.

—No es necesario el cinismo. Quiero decir que no hacía falta que me intoxicara para que me detuviera. Yo no habría ido más allá.

—¿Qué me quiere decir? ¿Que se estaba poniendo a prueba? Lo lamento por su orgullo herido, pero si no ha podido ir más allá es porque ella no quiso. ¿Todavía no se dio cuenta de que lo único que quería era que se durmiera para poder robarse las muestras? Discúlpeme, pero hay dos chicos muertos que son más importantes que sus dilemas morales.

Fue un golpe al corazón. Si hasta ese momento se sentía un pobre imbécil, el comentario de Diamant hizo que se considerara a sí mismo como un miserable.

—¿Le hizo tomar algo? —le preguntó el ayudante como si se hubieran invertido los papeles.

—No, solo me convidó un cigarrillo envuelto en hoja de tabaco —recordó Vucetich.

—Pudo haber mezclado el tabaco con muscaria o *pantherina*.

—O tal vez con *salvia divinorum, lophophora williamsii, trichocereus pachanoi*, beleño negro, belladona, estramonio o khat. Quién sabe.

—De haber sido peyote o ayahuasca todavía estaría viéndole la cara al diablo. Ya sabemos que a Dios no se la vio… —aguijoneó Diamant.

—No se haga el gracioso. ¿A usted cómo le ha ido? —cambió de tema el inspector.

—No me puedo quejar —dijo el colaborador. Volvió a cruzar el pasillo, fue hasta su habitación y regresó con la bolsa.

Vucetich vio cómo su ayudante vaciaba el contenido sobre la cama, hasta formar una montaña de billetes multicolores y monedas fulgurantes.

—Al menos no nos volveremos con las manos vacías… —se consoló Diamant.

—¿A qué se refiere? —preguntó su superior con un gesto entre sorprendido y sufriente, a causa del dolor de cabeza.

—A que esto es más plata de la que usted y yo juntos ganamos en cinco años —contestó como si fuera obvio.

—Eso no es plata, mi estimado. Eso es evidencia —dictaminó el inspector señalando la pila de billetes.

Marcos Diamant dejó escapar un suspiro que sonó como un lamento.

—¿Empieza ahora? —le preguntó Vucetich, mientras intentaba levantarse del piso.

—¿A qué?

—A tomar nota del número de cada billete; cuando termine, los separa en fajos de a diez y los lacra con un precinto. Gracias —dijo el dactiloscopista, mientras le extendía la diestra a su colaborador para que lo ayudara a incorporarse. El mundo giraba alrededor de su cabeza como en el universo precopernicano.

De pronto, tenían las manos vacías. El balance del viaje era desolador. Una vez más, los habían despojado de las tomas de las huellas dactilares. Juan Vucetich sentía que había perdido las pruebas, el orgullo y la dignidad. Con la policía, la justicia y los grupos anarquistas locales en contra, el detective y su ayudante debían comenzar de cero nuevamente.

17

Diamant tenía una tarea pendiente del día anterior: buscar al nuevo sospechoso que había mencionado la mujer de Ramón Velázquez. Rufino Maciel, el hombre señalado por Matilde como el amante de la Francisca, según pudo averiguar, vivía cerca del puerto. Pero el día después del asesinato de los hermanos Carballo había abandonado la pieza que alquilaba en un caserón de altos. Así se lo dijeron a Marcos Diamant los otros inquilinos, la mayoría estibadores del puerto. Cuando les preguntó si sabían dónde lo podía encontrar, se limitaron a negar con la cabeza. Nadie quería hablar.

—Quién sabe... —dijo la dueña del inquilinato.

—Quién sabe... —repitió el marido de la mujer, mientras se mondaba los dientes con una hebra de paja arrancada de la escoba que descansaba oblicua a su lado.

Ese muro de silencio estaba hecho con los ladrillos del miedo y la argamasa de la desconfianza. Un temor disfrazado de desidia e indiferencia. Resignado a su suerte, Diamant estaba por salir del caserón, cuando una voz femenina, asordinada, surgió desde el fondo del pasillo.

—En el Molino de las Rosas.

Diamant se acercó y vio una silueta a contraluz que asomaba desde un recodo. La figura le hizo un gesto con la mano para indicarle que no se acercara más. Quería guardar el anonimato entre las sombras. Al ver el gesto de incomprensión del visitante, la mujer agregó:

—Vadeando el río, más allá de la cascada de Cifuentes. Ahí donde vea la fábrica de ladrillos vieja, cruzando el puente angosto, cerca de la torre en construcción del molino nuevo.

—Gracias, ¿qué le debo?

—Justicia —dijo la voz y, antes de perderse del otro lado del recodo del pasillo, repitió—: Justicia.

Con esas pocas referencias, Diamant cabalgó río arriba. Cuando se acabó el sendero, siguió a campo traviesa entre las cortaderas y las piedras que se precipitaban por la ribera barranca abajo. De pronto, en medio de la planicie, pudo ver un salto de agua escalonado. Como en un sueño, frente a sus ojos se alzó una escalera de agua perfecta. Diamant dudó que ese paisaje fuera natural. Llegó a pensar que era obra de un arquitecto alucinado que hubiese concebido una escalinata de cristal en medio de la nada. El sol se multiplicaba en cada peldaño de piedra por donde discurría el agua. Una emoción indecible le apretó la garganta. Se le antojó que el río cristalino que se ofrecía ante él era la escalera que acaso lo condujera al lugar elevado donde estaban los niños muertos. Sintió que el agua clara limpiaba la memoria de la sangre y, caudalosa e implacable, era la imagen de la justicia. Subió por el barranco río arriba. Al final de la escalinata transparente vio una torre de piedra blanca que se elevaba hacia las nubes del mismo color. Era el Molino de las Rosas, aún en construcción, del que le había hablado la mujer de las sombras.

Diamant consideró que era una parábola del devenir. Detrás del molino nuevo se podían ver los restos de una vieja fábrica de ladrillos a orillas de ese río tan semejante al de Heráclito. Las chimeneas lánguidas, derruidas, parecían haber muerto verticales, pidiendo clemencia al cielo. Ambas construcciones, la muerta y la que estaba por nacer, quedaban del otro lado del curso de agua. Un poco más adelante, Diamant descubrió el pequeño puente colgante que también le había indicado la voz en la penumbra. Era demasiado angosto y frágil para que pudiera pasar con el caballo. Se apeó y giró sobre su eje buscando un lugar donde atarlo. No había ni siquiera una rama adecuada de donde sujetar la correa.

Diamant creyó percibir algo semejante a un movimiento telúrico. Fue como un sacudón, una convulsión que surgió desde el suelo. Habría creído que era un mareo, algo que sucedía dentro su cabeza, de no haber sido porque el caballo relinchó, se alzó en dos patas y salió disparado. Vio cómo el animal se perdía al galope entre una nube de polvo. De pronto se quedó solo en medio de esa nada. Ahora todo era diferente. Descubrió que ese paisaje onírico era hermoso mientras él pudiera decidir cuándo abandonarlo. Pero la sola idea de no tener modo de regresar lo convertía en una pesadilla. La construcción parecía detenida y no se veía que hubiera habido movimiento de gente en los últimos tiempos. No era, sin embargo, la soledad lo más angustiante de la situación. Al contrario. Diamant intuía que una presencia lo vigilaba a cada paso y, de alguna forma, dominaba el lugar. Ignoraba qué era aquel temblor que había hecho huir al caballo, pero sospechaba que tenía que ver con ese alguien oculto. Tenía dos opciones: volver a pie siguiendo el curso del río o cruzar el puente y encontrar lo que había ido a buscar. La caminata de regreso era larga, intrincada y peligrosa. Si emprendía la vuelta en ese momento, lo sorprendería la noche a medio camino en un terreno pantanoso e irregular. El río, en su crecida, podía desbordar en recodos y lagunas inesperadas. Había salitrales que a la noche se convertían en ciénagas. Sin senderos, las piedras mohosas eran un adoquinado resbaloso que conducía al medio de la corriente caudalosa del curso de agua. Alejarse del río significaba perderse en el laberinto más temido: el que no tenía paredes, caminos ni referencia alguna. La nada abierta, extensa y siempre idéntica a sí misma en cualquier dirección. Sin caballo, el regreso se convertía en una travesía penosa. El animal, guiado por la memoria y el instinto, podía volver a la querencia sin que el jinete lo guiara.

La segunda alternativa incluía a la primera. En cualquier caso, debía volver a pie entrada la noche. Un impulso contrario al sentido de la naturaleza y cercano a la intuición le aconsejó cruzar el puente. Era apenas más ancho que una persona; una sucesión de tablas de madera enhebradas por un par de cuerdas iguales a las que conformaban la baranda. Desde el inicio se veía que varias maderas estaban quebradas.

Diamant inició el cruce. Con un pie en la primera tabla y el otro en tierra, comprobó la firmeza del puente. Como en una barrida de piano ejecutada por una mano invisible, las tablas se movían cual teclas desde un extremo al otro. Liviano como era, avanzó con pasos largos salteando los listones de tres en tres. Solo se interrumpía la secuencia ante las tablas flojas o rotas. A medida que se alejaba del extremo, el puente se balanceaba con mayor amplitud. Entre los resquicios de las maderas se veía la espuma del agua correntosa. Diamant había alcanzado la mitad del puente, cuando en la otra orilla pudo ver un espectáculo maravilloso y, acaso, irrepetible. Un puma dorado, moloso y señorial bajó desde las piedras del barranco, se estiró cuan largo era y se sentó justo en el final del puente. La proximidad del animal podía explicar la huida del caballo, pero no el cimbronazo de la tierra. Diamant se detuvo justo a mitad de camino para contemplar la exhibición que ofrecía el puma ante sus ojos. Había considerado el peligro, sí, pero podía más la admiración. No dejaba de ser una muerte poética, se dijo. Sin embargo, Diamant aún no estaba dispuesto a escribir la última estrofa de su existencia. Sin soltarse de la baranda ni girar, retrocedió un paso. Mientras eso sucedía, el puma se incorporó, avanzó un paso y se detuvo sobre las primeras tablas. El hombre retrocedió otro tranco y el animal se adelantó en la misma proporción. Entonces Diamant volvió a avanzar un paso. Con asombro, el traductor vio que el puma se quedaba quieto. Volvió a caminar con cautela hacia adelante ante la indiferencia del felino dorado. El animal bostezó y se echó sobre las maderas. El investigador avanzó lento, pero resuelto a cruzar el puente. El puma se acostó de lado sin siquiera mirarlo. Cuando estaba a un paso del puma, el suelo volvió a conmoverse. No era una zona sísmica; sin embargo, el piso cimbraba tanto, que el felino se levantó de un salto y huyó barranca arriba. Que un caballo se asustara de un puma era razonable, pero ¿qué podía asustar a un puma?

Diamant salió del puente y al pisar en tierra firme notó que el pedregullo junto a sus pies saltaba en el lugar. El temblor se hizo audible, como si sonaran tambores debajo del suelo. Delante de él, a unos cien metros, se alzaban las ruinas de la vieja fábrica de ladrillos. Diamant creyó percibir que el epicentro era exactamente ese sitio. Impulsado por la curiosidad avanzó hacia la entrada principal, cuyas puertas habían sido rapiñadas por el tiempo y los saqueadores. A medida que se acercaba, la tierra se conmovía con más fuerza. El hombre creyó distinguir formas movedizas dentro del enorme galpón abandonado. Se detuvo y entonces pudo ver una estampida de vacas que surgía a toda carrera desde la fábrica. Por debajo de cada uno de los altos pórticos salían avalanchas paralelas de vacas salvajes que confluían luego en una sola columna. El tropel unificado corría exactamente hacia donde estaba él. Giró la cabeza a uno y otro lado y se acordó de una crónica de un viajero inglés sobre las pampas: "Si tuviera que permanecer en este lugar me colgaría de un árbol, si hubiera árboles adecuados para tal fin". No había un solo árbol detrás del cual esconderse y los arbustos cercanos al río eran escuálidos. Diamant estaba parado en el medio del desfiladero; de un lado, el acantilado que se precipitaba a la cascada y del otro, la barranca que se levantaba como un muro oblicuo y escarpado. Ambas alternativas presentaban problemas: si intentaba trepar, era posible que cayera justo en el paso de las vacas; si se arrojaba al agua, era probable que cayera contra las piedras y, de cualquier modo, se le mojara la chaqueta de Norfolk. Esta última posibilidad lo atormentaba incluso más que las anteriores. Mientras se debatía, la vacada salvaje avanzaba sin control. La única oportunidad que le quedaba era apostar a la velocidad. De modo que giró sobre sus talones y corrió lo más rápido que pudo. Llegó a sentir el contacto de un hocico cuando logró alcanzar el puente. Hizo un giro de noventa grados y volvió a pisar las tablas destartaladas, mientras rogaba que las vacas siguieran corriendo en sentido recto. Pudo ver cómo pasaban a su lado cientos de animales que hicieron vibrar el puente, pero no lo tocaron. Si lo hubieran seguido, habrían acabado todos, vacas, toros, terneros y filólogo, en el fondo del río.

Cuando pasó el tropel y bajó la nube de polvo, Marcos Diamant retomó la marcha. Contra una pared que aún quedaba en pie, debajo de un techo por el que se filtraban los rayos de sol, había un hombre sentado en un sillón desconchado. Como si fuese el emperador de las bestias, a sus pies descansaba una jauría encabezada por un perro inmenso, semejante a un lobo.

Frente a frente, el traductor preguntó:

—¿Rufino Maciel?

—Depende —dijo el hombre—, depende de lo que ande buscando.

18

Rufino Maciel, sentado en su trono y rodeado de animales, se asemejaba al sátiro en reposo de Praxíteles. El hombre jugueteaba con una piedra negra. La pasaba de una mano a la otra, amenazador, como quien pudiera usarla de arma arrojadiza. Andaba en cueros, descalzo y con un chiripá sujeto por una cuerda de cáñamo. Como si quisiera intimidar al visitante y marcar una jerarquía elemental, asumió una posición obscena; las piernas abiertas y la cadera levantada le resaltaban el relieve de la entrepierna. Era, pensó el traductor, la escena en que Príapo desafiaba al burro a que midieran sus atributos. Marcos Diamant se acercó al círculo de perros que lo rodeaba y, sin prestarle atención a los gruñidos, intentó un diálogo.

—Me han dicho que dejó la pensión.

—Le han dicho bien.

—Y que ha salido de apuro.

—¿Usted me ve apurado? —dijo Maciel, reclinado con las manos cruzadas detrás de la nuca.

—¿Anda evitando a alguien?

—¿Y quién no?

—¿Y a qué le anda huyendo?

—Al hambre, a la miseria, a la parca y a los que meten el hocico ande nadie los llama.

Influido por sus propias traducciones del teatro griego, de pronto Marcos Diamant se vio dentro de *Ichneutae* o *Persiguiendo sátiros*, de Sófocles.

—¿Y por qué se ha ido de un día para otro? —preguntó encarnado en el personaje del perseguidor.

—¿Hay otra forma de irse?

—Como que se ha escapado.

—¿Escapado? No, señor. Digamos que me he tenido que mudar.

—¿Y por qué, si se puede saber?

—La gente va y viene, cambia de trabajo. El conchabo en el puerto se ha puesto difícil. Y acá me tiene, trabajando —dijo, mientras se rascaba los sobacos con ostentación.

—¿Trabajando?

—Sí, señor. Soy el sereno de obra. Me han dado techo y salario. No es gran cosa, pero pior es nada.

La obra del molino nuevo se veía paralizada desde hacía tiempo. Las pilas de ladrillos parecían haber sido abandonadas, como si el constructor se hubiera quedado sin presupuesto.

—Alguien tiene que cuidar esto. Hay mucho forajido suelto.

—¿Y cuándo retoman la obra?

—No sé, señor. A mí me pagan por cuidar.

Marcos Diamant miró al cielo y calculó cuántas horas de luz le quedaban. Como si Maciel le hubiera leído el pensamiento, le dijo:

—Si anda a pie, va a tener que volverse antes de que oscurezca. Es un camino jodido, amigo. La gente se pierde. Si se lo traga el salitral, se lo comen los chanchos salvajes y los perros, mi amigo. No le quedan ni los huesos —le advirtió y sonó como una amenaza.

—Le agradezco la preocupación. Pero si he sabido llegar, sabré volver.

—Si usté dice…

—¿Ha sabido lo de Francisca? —le preguntó Diamant a boca de jarro.

—Como todo el mundo.

—¿Supo lo de los chicos?

—Ajá.

—¿Usted la conocía?

—Ja. ¿Quién puede conocer a una mujer?

—Se dice que usted y ella andaban en algún asunto.

En ese punto Rufino Maciel se incorporó y, tenso como un arco, exhibió una musculatura desafiante, mientras apretaba la piedra en un puño. Ese hombre que se paseaba semidesnudo entre los animales, cubierto por un chiripá que bastante mal le cubría las partes, era la encarnación pampeana del hijo de Dioniso y Afrodita. Marcos Diamant no pudo evitar ver en Maciel al Príapo del que se burlaba Aristófanes: "Ciegos humanos, semejantes a la hoja ligera, impotentes criaturas hechas de barro deleznable, míseros mortales que, privados de alas, pasan la vida fugaz como vanas sombras o ensueños misteriosos".

—¿Un asunto? ¿Quiere saber si yo tuve un asunto con la Francisca? —preguntó Rufino Maciel con una sonrisa malévola—. Vea, si quiere saber, le digo. No soy un hombre honesto. Pero nunca le robaría la mujer a otro hombre. ¿Qué cuatrero se robaría un animal enfermo o un caballo manco, amigo?

Diamant miraba a Maciel sin comprender adónde quería llegar.

—No me hace falta mantener una mujer propia si puedo usar la ajena. No he querido alimentar hijos míos, menos iba mantener a los hijos de otros. Si nunca he sido esclavo de ningún hombre, mire si lo voy a ser de una mujer. Las mujeres son un problema y yo nunca quise problemas. La Francisca y sus hijos eran el problema de Ponciano, no el mío. Si alguien quería sacarse esa cruz de la espalda, ese no era yo. Si quiere saber qué pasó con la Francisca averigüe qué hizo Ponciano con la Crescencia, la hija de Molina.

Marcos Diamant escuchaba a Rufino Maciel con una expresión desencajada. Aquel hombre que ni leer sabía estaba recitando con sus propias palabras el parlamento de Hipólito, de Eurípides:

¡Oh, Zeus! ¿por qué hiciste nacer a la luz a las mujeres? Si querías crear la raza humana, no había para qué hacerla nacer de las mujeres. Colgando en tus templos oro, hierro y bronce, los hombres hubieran comprado hijos al precio que estimase cada cual, y hubieran habitado en sus moradas sin hijos y sin mujeres. Ahora, en cuanto queremos traer esa calamidad a nuestras moradas, agotamos todos nuestros bienes. De lo cual se deduce que una mujer es una gran calamidad, hasta el punto de que el padre que la ha engendrado y educado la echa fuera, con una dote, para librarse de ella.

—Si quiere llegar antes del anochecer a la ciudad, se tiene que ir ahora —le dijo Maciel a Diamant. Le tuvo que repetir la frase para sacarlo de la ensoñación teatral en la que estaba sumido.

Antes de volver al sillón desvencijado, el sereno arrojó el guijarro negro al río. La piedra giró en el aire, rodó en la grava y se detuvo justo antes de caer al agua. El traductor se dio media vuelta y se dispuso a emprender el regreso. Caminó siguiendo el curso de agua. Casi sin detenerse, levantó la piedra que había tirado el guardián de la nada y se la metió en un bolsillo. A falta de una conclusión firme, al menos se llevaba algo contundente. No parecía mucho, pero acababa de recoger las huellas digitales de Rufino Maciel.

19

Vucetich y Diamant estaban desolados. Lo único que tenían era una piedra. El inspector miraba el mar desde la ventana con las manos en los bolsillos. El cielo gris, brumoso, no colaboraba para avizorar algún horizonte. Diamant, sentado en una silla, se masajeaba los muslos. Todavía intentaba reponerse de los calambres, las picaduras y los raspones que conservaba de la caminata de la tarde anterior. Luego de que se le escapara el caballo en la cascada, debió regresar a pie bordeando el río.

—Ya no tenemos nada que hacer en este lugar —determinó el dactiloscopista.

—Podríamos volver a tomar las muestras con talco y polvo de carbón… —lo quiso animar el ayudante.

—Y empujar la piedra una y otra vez como Sísifo, para que vuelva a rodar barranca abajo antes de alcanzar la cima… —lo interrumpió Vucetich—. No, mi estimado; por otra parte, ya deben haber limpiado todo. Olvídese.

Ambos se sumieron luego en el silencio de los derrotados. Juan Vucetich abrió la valija que descansaba a los pies de la cama y se dispuso a empacar.

—Vaya a su cuarto y empiece a hacer las valijas. Nos volvemos a Buenos Aires esta misma noche —le ordenó a su ayudante.

El inspector acababa de perder la última oportunidad de demostrarle al presidente la infalibilidad de su método dactiloscópico. Pero, además, el fracaso de la misión le cerraba las puertas para que el resto del mundo pudiera adoptar su sistema. Había estado tan cerca de imponerse por sobre las técnicas de Bertillon, y ahora todo el esfuerzo se lo llevaba el viento patagónico. Sabía que regresar con las manos vacías significaba perder el nada generoso apoyo de la política. Podía ver su futuro en la esfera borrascosa del cielo a través de la ventana. En La Plata lo esperaban un escritorio vacío, un gabinete desmantelado y una jubilación anticipada. Tanto esfuerzo le había costado armar el laboratorio, la oficina dactiloscópica y el banco de huellas digitales, para que todo terminara en la nada. Ya se figuraba a los políticos que se proclamaban paladines de los derechos civiles frotándose las manos ante su caída. Aquel fracaso suponía el triunfo de los sectores que pedían la disolución del departamento que él había creado contra viento y marea. Quienes se oponían a la toma de huellas digitales eran los mismos que protestaban contra la inclusión de fotografías en los documentos y en los registros legales. Cualquier cosa que sirviera para prevenir crímenes era denunciada como una medida represiva. Los anarquistas, pensaba Vucetich, se habían salido con la suya. Pero jamás imaginó que iban a contar con la inestimable colaboración de la policía y la política más recalcitrantes.

Por otra parte, el inspector había quedado herido en su amor propio. La imagen de la muchacha anarquista volvía una y otra vez como el dolor recurrente de una bala alojada en la cabeza. Descubrió, sin embargo, que lejos de experimentar despecho, rencor o deseos de venganza, necesitaba una explicación. Tal vez no se atreviera a admitir que simplemente deseaba volver a verla. ¿Por qué? Acaso, por la única y misteriosa razón que atrae a las personas más allá de la razón.

Cuando Marcos Diamant estaba por abandonar la habitación para preparar su equipaje, llamaron a la puerta.

—Servicio de cuarto —anunció tímidamente una mujer.

El colaborador de Vucetich abrió la puerta para salir y, de paso, permitir que entrara la mucama. Pero en lugar de sostener un lampazo, la mano femenina que apareció entre la puerta y el marco empuñaba un rifle interminable.

—Arrodillados, las manos detrás de la nuca —dijo una voz conocida para el inspector. Tal como adivinó antes de verle la cara, debajo de la cofia blanca Juan Vucetich reconoció a la muchacha anarquista. La misma, por cierto, que lo había desvalijado la noche anterior.

Los ojos del dactiloscopista se iluminaron como si se le acabara de cumplir un deseo. Con la inercia de esa repentina euforia, mientras se arrodillaba, le dijo:

—¡Dichosos los ojos! No sabe cuánto he pensado en usted.

—Creo que ustedes dos tienen mucho que conversar. Mejor los dejo solos —dijo Marcos Diamant, a la vez que amagaba alejarse con las manos en la nuca y las rodillas a medio flexionar, mientras daba unos pasos de ave zancuda con las alas abiertas.

—Quietos. Al piso —ordenó la supuesta Annette con la pupila alineada en el centro de la mira.

—¿Podría ser más clara? ¿Quietos o al piso? —quiso saber Diamant, verdaderamente preocupado por la imprecisión y, más aún, por el calibre del arma que lo apuntaba.

—Al piso y después, quietos. En ese orden —aclaró la mujer.

—¿Piensa ir a la Campaña del Desierto? —comentó el inspector después de considerar el Remington Patria que sostenía la muchacha. En efecto, era un rifle de los que usaba el ejército; el mismo con el que habían combatido a los puelches en esos parajes de Dios.

—No tiene ninguna gracia. Han hecho una masacre solo para levantar hoteles y casinos decadentes… —protestó la mujer rubia.

—¿Se refiere al casino decadente que le llenó la cartera decadente con billetes decadentes? —ironizó el inspector señalando hacia el subsuelo.

—No es dinero para mí, sino para la causa —proclamó la muchacha mientras acariciaba el gatillo.

—Bueno, cada uno tiene sus caprichos y hace lo que quiere con su plata. Viajes, lujos, joyas, magnicidios, atentados con bombas; en fin, quién no quiere darse un gustito en vida —justificó el antropometrista.

—Si el crimen lo comete el Estado contra el pueblo, ustedes lo llaman justicia; pero si la justicia la hace el pueblo contra el Estado, le dicen crimen —adoctrinó la mujer, como si el inspector y su ayudante fuesen un par de adolescentes en busca de una creencia.

—Vea, ese es un rifle monotiro. Si dispara habrá usado su única bala. El que quede vivo de nosotros dos saltará sobre usted y le quitará el arma —le advirtió Vucetich, quien conocía a la perfección la ficha técnica del fusil.

—No creo que suceda eso. ¿Por qué supone que las mujeres no sabemos manejar armas? Déjeme que le explique algo: los dos están en la misma línea de fuego: con un solo tiro de esta buena amiga podría atravesarlos a ambos y todavía abriría un cómodo hueco para un par de ratones en la pared —les hizo notar la muchacha con un indiscutible conocimiento de la física, la geometría y la balística.

—En eso tiene razón —debió admitir el inspector, quien, aun en aquellas circunstancias, se veía alegre por el reencuentro y con evidentes ganas de charlar.

—De cualquier manera, preferiría que no muriera nadie, al menos hoy. En primer lugar, le debo una disculpa —reconoció de manera inesperada la mujer, con un tono conciliador.

—Bueno, para ser honestos, me debe algo más que una disculpa. Me debe un maletín con instrumentos, algunos elementos de prueba, una decena de muestras dactiloscópicas y un par de ilusiones que me había hecho anoche —enumeró el detective.

—Las ilusiones se las voy a quedar debiendo. Lo demás lo podemos negociar —ofreció la muchacha, arma en mano.

—¿Me va a pedir un rescate por el maletín y las muestras? —inquirió Vucetich.

—Bueno, de alguna manera… —adelantó ella.

—Entonces vayamos al punto. ¿Cuánto quiere? —abrió la oferta el inspector

—No, no es cuánto sino qué —sugirió la mujer.

—Muy bien, entonces dígame qué quiere —exigió el antropometrista intrigado.

—Trabajar con ustedes.

—Parece que no entiende la naturaleza de nuestros respectivos trabajos. Nosotros somos policías y usted, sin ofender, claro, es, por lo menos, una ladrona. Dicho con el mayor respeto. Es decir…, me envenenó, me dejó inconsciente, se llevó pruebas federales y como si fuera poco, me arruinó mi abrigo preferido —le recordó Juan Vucetich.

En ese punto, a la mujer le cambió la expresión.

—¿Y cómo supo que fui yo la que le manchó el sobretodo si tenía la cara cubierta? —preguntó asombrada.

—Bueno, soy antropometrista y, sin ánimo de sonar ordinario, le diré que sus proporciones anatómicas son inolvidables. Dicho esto, claro, con un criterio profesional —aclaró el inspector.

—¿Siempre supo que yo era yo? —interrogó ella.

—Suponiendo que yo supiera quién es usted, sí, me di cuenta de que usted era usted; ahora bien, no sé si usted es la usted anarquista o la usted tahúr aristocrática o la usted mucama o la usted soldado de infantería. Lo que sí tengo claro es que usted, quien quiera que sea, sabía perfectamente que yo era yo —dijo el inspector, ante la incomprensión de su ayudante, quien los miraba alternativamente a ella y a él como si presenciara un juego de *badminton*.

—Muy bien, empecemos de nuevo —propuso ella.

—¿Me jura que no volverá a arruinarme la ropa ni a dejarme desmayado, ni a desvalijarme, ni me va a acribillar con un rifle de guerra?

—Bueno, todavía no nos hemos puesto de acuerdo sobre lo último —le dijo ella sin dejar de apuntarle a la cabeza—. Primero tiene que darme su palabra de que no va a llevarme presa ni me acusará ante la Justicia.

—Prometido —suspiró el inspector.

Entonces la muchacha extrajo del interior del carro de la limpieza, sano, salvo y reluciente, el maletín de Juan Vucetich. Lo dejó en el piso y se lo acercó con el caño del fusil.

—No sé en qué podríamos trabajar juntos usted y yo —dijo el inspector con genuina curiosidad.

Por toda respuesta, la mujer sacó del interior de un balde un pasquín enrollado y lo puso sobre el *nécessaire*. Era un ejemplar de *La Voz de la Mujer*, la primera publicación feminista de Argentina y, por cierto, la única que se imprimía en América Latina. Ambos hombres torcieron la cabeza para leer los titulares. De pronto, cobró sentido la pancarta que habían visto en la protesta: "Ni Dios, ni patrón, ni marido", rezaba el título de la nota principal. Los otros artículos hablaban del autoritarismo machista del Estado y de la Iglesia. Otras columnas versaban sobre el amor libre, la emancipación de la mujer y la libertad de elección. En el centro de la portada, había un extenso poema, entre cuyos versos se leía:

Que no haya entre nosotras rezagadas
Nuestra lucha es a muerte y sin cuartel;
¡Hurra! Hermanas queridas, otro esfuerzo,
Y ¿quién duda que habremos de vencer?

El párrafo final del editorial concluía: "Si vosotros queréis ser libres, con mucha más razón nosotras; doblemente esclavas de la sociedad y del hombre, ya se acabó aquello de 'Anarquía y Libertad' y las mujeres a fregar. ¡Salud!".

Juan Vucetich levantó la vista del periódico e interrogó con la mirada a la muchacha.

—No sé cómo un patriarca déspota, católico y siervo de la ley como yo podría serle útil a una mujer feminista, libertaria y renegada del Estado como usted.

—En mi caso, ni siquiera católico —aclaró Marcos Diamant de rodillas.

—Averiguando quién atacó a Francisca y quien mató a sus hijos —contestó ella con la voz quebrada—. No vamos a permitir que nos sigan matando a nosotras y a nuestras hijas. Al menos en este punto, señores, ustedes y yo estamos buscando lo mismo.

20

Vucetich jamás habría elegido firmar un contrato bajo presión. Menos aún, ante el apremio que significaba el aliento de la boca imperativa de un fusil Remington Patria. Pese a todo, al inspector le pareció un acuerdo si no justo, al menos útil. La muchacha anarquista había demostrado con amplitud sus numerosos talentos a la hora de conseguir lo que se proponía. Tal vez fuera mejor establecer una alianza transitoria, hasta llegar a la verdad que ambos perseguían. Nada muy diferente, en fin, a los pactos espurios que solían tejer los políticos. Solo que, en este caso, al inspector no se le ocurría un fin más elevado que encontrar al asesino de los hermanos Carballo.

Diamant, arrodillado sobre la alfombra persa con las manos en la nuca, intuía que a su jefe lo movía otro propósito. La fascinación con la que Vucetich miraba a la muchacha excedía la búsqueda de la verdad. No comprendía cuál era el origen de aquel embeleso; el maltrato y las humillaciones a las que ella los había sometido eran, a su juicio, imperdonables. Pero Diamant sabía que el enamoramiento estaba hecho de una materia misteriosa.

Aun en ese estado de extravío, el inspector conservaba algo de lucidez para tomar ciertos recaudos antes de aceptar la propuesta de colaboración. Por lo pronto, ni siquiera sabía cómo se llamaba en verdad la mujer del rifle.

—Imagino que Annette ha de ser su *nom de guerre*, ¿verdad?

Hizo la pregunta con una doble intención manifiesta. La expresión "nombre de guerra" podía aplicarse tanto a la actividad política clandestina como al viejo oficio. Ocupación esta última que al inspector no le quedaba claro si ella ejercía o fingía ejercer en el casino, bajo el nombre de Annette.

—El nombre es el título con el que la sociedad patriarcal rubrica la propiedad de las personas. Más aún, el apellido: es la marca a fuego que estampa el paterfamilias, como la yerra en el cuero del animal en contra de su voluntad. No necesito que un hombre me dé el nombre —aleccionó la mujer; hizo una pausa, frunció un poco el ceño y continuó—: Me nombro como quiero, cuando quiero.

—Entiendo —dijo pensativo el inspector y preguntó—: ¿Cómo le gustaría llamarse hoy?

—¿Por qué la ironía? Usted se arroga un derecho que me niega a mí. Se hace llamar Iván, Juan, Giovanni… Lo conozco mejor de lo que sospecha.

—Bueno, los tres son el mismo nombre; pero, en fin, puede llamarme como quiera…

—Por supuesto. No necesito su permiso. Por eso prefiero llamarlo tirano, dictadorzuelo y opresor.

—Sí, sí; lo recuerdo perfectamente. Así me llamó mientras me abrazaba con cariño y las manos mugrientas de pintura. Llámeme como quiera. Pero necesito que al menos me diga con quién tendré el gusto de trabajar.

—Puede decirme Luci…

—¿Se da cuenta? Tanto escándalo para llamarse como cualquier hija de vecina —interrumpió el inspector, apresurado por darse la razón.

—Luci… ferinne —completó la muchacha en perfecto

francés—. Luciferinne —repitió y agregó—: Desde ya, no se atreva a volver a llamarme Luci.

En efecto, entre los nombres con los que se rebautizaban las anarquistas —y con los que luego habrían de anotar a sus hijas— había algunos realmente heréticos. Atea, Liberta, Libertina, Perseguida, Voltairina, Lesbia, Hiena y Satana eran algunos de los nombres que habrían escandalizado al mismísimo Donatien Alphonse François de Sade.

—*Oi, oi, oi* —masculló para sí Marcos Diamant, invocando la protección del cielo ante la satánica mención, y concluyó con las oraciones—: *Baruj atá Adonai, elojeinu melej.*[9]

—Muy bien, empecemos de nuevo. Señorita Luciferinne, me presento; soy el inspector Juan Vucetich, encantado —dijo el dactiloscopista a la vez que le extendía la mano.

Ella le devolvió el saludo, mientras bajaba el rifle y lo apoyaba vertical en el marco de la puerta entreabierta.

—No lo tome como una muestra de desconfianza —se disculpó por adelantado el inspector—, pero me gustaría revisar mi maletín.

Luciferinne aceptó la petición con un gesto amable. Entonces Vucetich se acomodó los lentes, abrió el maletín y revisó detenidamente cada compartimento. No faltaba nada; ahí estaban todas las muestras que había tomado en casa de Francisca, los polvos multicolores, la linterna y cada uno de los elementos que solo el inspector y su ayudante podían reconocer y clasificar. Antes de que volviera a cerrar la tapa rígida de su preciado laboratorio de viaje, Diamant le entregó la piedra que había rescatado el día anterior. Vucetich guardó el pesado *souvenir* sin demasiado entusiasmo. Luego miró a su nueva socia y cambió la expresión sombría por una sonrisa satisfecha. El

---

[9] En hebreo: "Bendito eres tú Señor, nuestro Dios, rey del universo".

ayudante no compartía el entusiasmo de su jefe y lo manifestaba, acaso a su pesar, con un gesto taciturno.

El inspector no solo estaba convencido de que Luciferinne podía ser una buena ayuda; bastaba con que ella y el grupo anarquista dejaran de ser un obstáculo para avanzar en el caso. Una vez más, los federales estaban en la senda, a pocos pasos de poder conocer la identidad del asesino.

El trío se disponía a recomenzar la tarea tantas veces frustrada, cuando desde la puerta entreabierta se asomó la copa de un bombín de fieltro.

—¿Interrumpo? —preguntó con medio cuerpo adentro un hombre con acento francés.

Era el huésped misterioso con el que se habían cruzado un par de veces. El que había entrado en la veranda durante el primer desayuno, el mismo con quien se habían topado en los jardines y que había desaparecido en la oscuridad.

—Permítanme que me presente; soy Didier Laplume —dijo el visitante con una sonrisa enmarcada por un bigote y una barba como dibujada a pincel—. Espero no interrumpir —repitió.

—En cualquier caso, ya lo habría hecho —dijo Juan Vucetich sin demasiada amabilidad, mientras aseguraba la hebilla del maletín.

—¿Se le ha perdido algo, *monsieur*? —le preguntó el desconocido al ayudante del inspector al verlo de rodillas sobre la alfombra.

—No, no, hacía mis ejercicios matinales. Pero ya terminé. ¿En qué lo podemos ayudar? —preguntó Diamant, mientras se incorporaba.

—Oh, no es necesario que se levante —le dijo en un tono que sonó algo imperativo.

Juan Vucetich estaba por guardar el maletín en la parte superior del ropero, cuando *monsieur* Laplume le dijo:

—No se moleste, yo me ocupo. Démelo.

El inspector lo miró extrañado y, cuando quiso continuar con la tarea, el francés insistió:

—Dije que yo me ocupo. Entréagueme el maletín —ordenó al tiempo que extraía del bolsillo interior del abrigo un revólver de caño breve y brillante.

Luciferinne atinó a tomar el rifle que había dejado apoyado en la pared, pero antes de que lo alcanzara, *monsieur* Didier Laplume le apuntó con el pequeño Lebel ocho milímetros que sostenía en la diestra, mientras se apuraba a tomar el rifle con la otra mano. Con ambas armas en su poder, al dactiloscopista no le quedó más remedio que entregarle la meneada maleta. Sin dejar de apuntarlos con el rifle, Laplume guardó la pequeña pistola en el bolsillo, tomó primero el maletín y luego las llaves de la habitación.

—No se atrevan a moverse —dijo, mientras salía del cuarto.

Con las manos en alto, los tres vieron cómo el francés se perdía al otro lado de la puerta. De inmediato, pudieron escuchar las dos vueltas de llave en la cerradura. Estaban encerrados y, una vez más, con las manos vacías.

21

Siempre es más difícil forzar una puerta desde adentro. Por más que lo intentaron a golpes de hombro, el inspector y su ayudante no podían vencer el obstáculo inamovible del marco empotrado en la pared. A la reacción masculina Luciferinne opuso un método más racional, aunque menos ortodoxo.

—Se abre para adentro, ¿me permiten? —intervino la muchacha anarquista a la vez que apartaba a ambos hombres de la puerta.

Cuando Juan Vucetich se alejaba, Luciferinne lo tomó literalmente de los fundillos del pantalón y lo atrajo hacia ella.

—Yo estaría encantado de la vida, mi estimada, pero no me parece que sea el momento —dijo el inspector dejándose arrastrar.

—¿Siempre piensa con esta parte? —le preguntó la muchacha, mientras le daba un par de tirones desde la pretina de los pantalones, justo por encima del botón superior de la bragueta.

—No, solo cuando me dejan encerrado en una habitación de hotel con la hija menor de Lucifer. Si ese no es suficiente motivo... —dijo el inspector, sofocando un quejido de dolor a causa de la presión de las costuras en la entrepierna.

—¿Se da cuenta de qué fácilmente se lo puede manipular? —lo increpó Marcos Diamant, recordándole que esa misma mujer lo había intoxicado para robarle—. Si pudiera salir, los dejaría solos para que hagan sus extravagancias, pero lamentablemente, no tengo forma —agregó mientras se asomaba por la ventana y veía cómo *monsieur* Laplume corría a través del parque con el maletín hacia una volanta que lo esperaba cerca de la entrada. El colaborador pensó en saltar, pero ya se veía estampado contra la grava del camino.

Luciferinne se agachó frente al inspector, que permanecía de pie, y le desprendió la hebilla de la pequeña cincha que ajustaba la cintura por encima de la abotonadura del pantalón.

—*Oy gevalt*… Qué oportuno —se quejó Diamant ante el espectáculo.

En ese momento, la muchacha le dio un tirón seco al cintillo y se quedó con la hebilla en la mano.

—¡Oiga! ¡Usted se propuso destruirme todo el vestuario! Primero, me arruina el sobretodo con pintura y ahora me rompe los pantalones —protestó Juan Vucetich.

Luciferinne, sin prestarle atención, giró en cuclillas como estaba y metió la traba de la hebilla en la cerradura. La hizo entrar y salir un par de veces, la volvió a meter oblicua, la giró y de pronto *¡voilà!*, abrió como si fuera una llave.

El inspector y su ayudante se miraron con idéntico asombro. No pudieron menos que sentirse avergonzados.

—¿Nos vamos o se van a quedar mirándose las caras mucho más tiempo?

Solo entonces los tres salieron de la habitación y corrieron escaleras abajo tras los pasos del francés. Luciferinne iba sosteniéndose la falda sobre las rodillas como una corista del Folies Bergère. Dejaba ver unas piernas atléticas y torneadas que explicaban la velocidad con la que avanzaba. Apenas un paso más adelante iba Diamant y bastante rezagado corría Vucetich, quien debía sujetarse los pantalones, cuya cincha le acababa de romper la mujer.

Cuando alcanzaron el parque, *monsieur* Laplume terminaba de treparse a la volanta y salía al vuelo, mientras le daba latigazos sonoros al caballo. En torno a la rotonda de la entrada, había un par de coches estacionados. El cochero y el caballo del carro que estaba más adelante dormitaban con idéntica actitud a la sombra de un árbol. Diamant aprovechó el impulso que traía y saltó sobre el asiento del mayoral sin siquiera hacer pie en el estribo. El hombre se despertó sobresaltado e intentó defenderse ante lo que supuso un asalto. Pero en lugar de eso, pudo ver cómo el ayudante sacaba un fajo de billetes y se lo entregaba, mientras Luciferinne y el inspector subían por el otro lado a la parte trasera. En cuanto el cochero tomó el dinero, la muchacha lo empujó del carro con la suela del zapato, impulsada por una pierna desnuda de bailarina de cancán.

—Quédese con el cambio, antes de la noche se lo traemos de vuelta —llegó a decirle Vucetich al conductor, tendido sobre la grava con el chaleco blanco de polvo, mientras Diamant hacía salir el caballo a todo galope.

No bien alcanzaron la salida del hotel, vieron que *monsieur* Laplume se perdía en el final de la calle paralela al mar y doblaba hacia el puerto. El francés no solo contaba con ventaja, sino que su carruaje era más liviano y veloz. A su paso, dejaba una nube de polvo, desde la que salían peatones que habían debido correr para no ser atropellados. Diamant tenía que evitar aquella rémora de gente aturdida que se cruzaba delante del caballo. Laplume no tardó en descubrir que estaba siendo perseguido. Latigaba a los caballos sin piedad, a la vez que ingresaba en la ancha avenida empedrada del puerto de Quequén. El carruaje conducido por el traductor, grande y pesado, rebotaba contra los adoquines y en las curvas se levantaba peligrosamente en dos ruedas. Luciferinne y el inspector se deslizaban sobre la tabla de un lado a otro, mientras el colaborador se mantenía de pie, riendas en mano.

—¿Se puede saber quién es ese hombre? —preguntó la mujer, con medio cuerpo encima del antropometrista.

—Eso mismo le iba a preguntar yo. Pensé que era un camarada suyo…

En ese momento, el francés volvió a desenfundar el arma y, con una mano en la empuñadura y la otra en las riendas, empezó a disparar hacia atrás sin mirar.

Los estibadores soltaban la carga y corrían a ponerse a salvo. Todo lo cual, claro, colaboraba para hacer más difícil la persecución; el camino quedaba regado con bolsas, cajas y cuanto bulto dejaban caer los changarines.

—¿Se ha fijado en el arma? —le preguntó Diamant a su jefe a los gritos.

—La verdad, preferiría no tener una muestra del calibre —contestó el detective, que podía oír el zumbido de las balas que pasaban cada vez más cerca.

—Es un revólver Lebel 1892, un Saint Etienne de ocho milímetros —dijo el ayudante.

—Dios le conserve la vista —vociferó Juan Vucetich con las manos en bocina, mientras se sacudía de arriba abajo y de un lado a otro—. Es el arma auxiliar de los oficiales del ejército y la gendarmería de Francia —razonó, a la vez que se agachaba para quedar por debajo de la línea de fuego, marcada por los agujeros de bala en la capota.

—No me diga que estamos en guerra con Francia —comentó Luciferinne, no sin cierta sorna.

En ese momento la carreta se detuvo en seco. El inspector y la muchacha estuvieron cerca de salir despedidos. Al llegar a la zona de los silos, en el momento en que *monsieur* Laplume estaba por cruzar un callejón interno, pasó un hombre arrastrando un inmenso carretón con una pesada carga. El francés había chocado de manera estrepitosa y Diamant tuvo que frenar para no llevarse por delante la volanta atravesada en el camino con caballo y todo. Viendo que no tenía escapatoria, *monsieur* Laplume saltó del coche y corrió paralelo a la ribera, con el maletín en la mano. Como el trío tampoco podía seguir avanzando más allá del lugar del choque, Marcos Diamant bajó de un salto y le ofreció el brazo a la muchacha para ayudarla a descender. Luciferinne, que despreciaba las muestras de caballerosidad, se lanzó por sí sola con tal agilidad que, virtualmente, pasó por encima del ayudante. Juan Vucetich, en cambio, que debía sostenerse los pantalones, aceptó de mil amores la ayuda de su asistente. El francés se abría paso a fuerza de codazos entre una multitud de portuarios. Marcos Diamant y la muchacha corrían como velocistas. Ante la proximidad de los perseguidores, Laplume sacó el arma y volvió a gatillar. Pero ya no tenía balas. En ese momento, apareció justo delante de él la carga que colgaba del brazo de una grúa en pleno giro. Entonces, viéndose acorralado, tiró el maletín al agua y luego saltó detrás de él.

El inspector, su ayudante y la mujer anarquista vieron con impotencia cómo el laboratorio portátil y el agente francés desaparecían más allá del borde de la dársena.

Diamant alcanzó a detenerse un milímetro antes de caer al agua. Quedó haciendo equilibrio en el filo del fondeadero con medio cuerpo en el vacío. Solo entonces descubrió que *monsieur* Laplume había saltado con el maletín a un bote amarrado y ahora remaba río arriba. Unos metros más adelante, Luciferinne vio una barcaza de pesca vacía. Corrió y, con la propia inercia, se dejó caer sobre una de las bancadas. Cayó prácticamente sentada y lista para remar. El ayudante saltó después de ella y, por fin, el inspector se descolgó desde el borde con alguna aparatosidad.

El francés, que se revelaba como un gran remero, se alejaba del puerto a toda velocidad. Luciferinne tomó el remo de babor con ambas manos, Marcos Diamant el de estribor y Juan Vucetich se acomodó atrás, en la chupeta, en el lugar del patrón del bote. Mientras tomaba el control del timón, gritó:

—¡Vamos, remen que se aleja!

—No hay caso, se arma una sociedad en una isla de tres tablas y nace un patriarcado —se quejó la muchacha anarquista mirando al cielo.

—En otro momento, con todo gusto, hacemos la revolución sexual y nos liberamos de mí; yo soy el primer interesado, le aseguro; pero ahora no hay tiempo.

Luciferinne y Diamant remaban como si hubieran compartido ese bote toda la vida. Los cuatro brazos bien acompasados rendían más que los dos del francés, y por momentos tenían la ilusión de poder alcanzarlo. Sin embargo, el pequeño batel en el que iba Laplume era más ligero que el bote pesquero tripulado por el trío que agregaba fuerza, pero sumaba peso.

—Me preguntaba si estábamos en guerra con Francia —retomó la conversación el inspector—. Bueno, al menos en lo que a mí concierne, se podrá decir que sí. Nunca pensé que llegaría a este punto, pero tengo una seria disputa con cierto colega galo: Bertillon, Alphonse Bertillon.

—No me diga que ahora se pelean entre ustedes los cazadores de anarquistas, comunistas y feministas —dijo ella con el aliento cortado por el esfuerzo, mientras metía y sacaba el remo del agua.

—Bueno, parece que con usted no nos ha ido muy bien… ¿Acaso conoce a Bertillon? —quiso saber el inspector, cómodamente sentado.

—No creo que ningún revolucionario alrededor del planeta lo pueda desconocer. ¡El carnicero de la Comuna de París! Pero ahora que lo miro a usted, si hasta se parecen físicamente —dijo Luciferinne mientras se daba vuelta para examinarle las facciones.

—Será que me copia hasta el aspecto. Por lo visto, está muy pendiente de lo que sucede en estas playas.

—¿Y cuál es el interés de él en lo que pasa en el fin del mundo?

—Más o menos el mismo que el de usted y su grupo libertario. Vea, mi colega es, sin dudas, un personaje importante…

—Sospecho que ha de ser más importante que usted —lo interrumpió Luciferinne—; de hecho, el sistema que inventó para cazar seres humanos se llama *bertillonage*. Pocas personas acuñan un término con su apellido —dijo, mientras apuraba el remo.

—Sí, claro, los franceses son muy dados a esos homenajes; a Sade lo honraron con el término sadismo y a Sacher Masoch, con el de masoquismo. Yo en el lugar de ellos habría preferido que no me rindieran ningún honor. Aunque, habida cuenta del nombre con el que usted misma se bautizó, tal vez esté en esa misma senda... ¡Luciferinne! —dijo con cara de incredulidad, reclinado sobre la falca.

—Inspector, ¿por qué no se concentra en el timón? —le sugirió Diamant, quien no se mostraba muy feliz de que su jefe compartiera esa información sensible con la mujer anarquista.

—¿Por qué no se concentra usted en remar? Como sea, el famoso *bertillonage* es un cúmulo de elementos antropométricos que, en lugar de sumar, restan —continuó Vucetich, como si nada—. Se lo digo yo, después de haberlo adoptado y desechado por inútil. La identidad de las personas se reduce a diez elementos —dijo, soltó la caña del timón y abrió las manos mostrando los dedos—. ¿De qué me sirve conocer el largo del fémur, si esa particularidad no deja ninguna huella impresa en los objetos? ¿Para qué quisiera conocer el diámetro del cráneo del asesino de los niños Carballo? ¿Para qué acumular registros infinitos con una cantidad de datos irrelevantes?

—¿Usted me quiere decir que Francia, los Estados Unidos y Canadá adoptaron el *bertillonage* de puro gusto? —quiso saber ella, mientras apuraba el ritmo para alcanzar al bote fugitivo de Laplume.

—Pronto lo abandonarán. Recuerde lo que le digo. ¡Precisamente por eso estamos yendo detrás de un francés! ¿Se da cuenta? ¡Es un agente de Francia! Lo que yo propongo es terminar con el sistema de Bertillon y, de hecho, con la antropometría, para reemplazarlos por la dactiloscopía.

—¿Por qué me cuenta todo esto a mí, si sabe que somos enemigos?

—Bueno, a esta altura creo que usted y yo somos mejores enemigos —dijo con una sonrisa galante y una voz algo melosa—. De hecho, por ahora seguimos siendo aliados, ¿verdad? Usted me ha robado ese maletín por razones parecidas a las de la República de Francia: evitar que el mundo adopte el sistema dactiloscópico. Solo que ustedes, los anarquistas, quisieran que no existiera ninguno. Francia, en cambio, pretende que se imponga su método en todo el planeta. Para eso necesita convencer a todos de que lo más complejo es mejor que lo más sencillo. ¿Por qué? Porque mi método lo pueden adoptar incluso los países más pobres. Un laboratorio completo de dactiloscopía cabe en una pequeña maleta. Para transportar el gabinete de Bertillon se necesitaría un buque —dijo señalando a un barco que ingresaba en la dársena—. Por eso, Francia no quiere que yo demuestre que con mi método, sencillo y económico, se puede resolver un asesinato complejo. El de los hermanos Carballo sería el primer caso de homicidio que se podría develar con el sistema dactiloscópico. ¿Comprende? Sería la primera vez en la historia. Por eso, mi estimada, ese hombre quiere robarse las evidencias. ¡Vamos, remen, remen que lo tenemos! —los animó el inspector, al ver que se estaban aproximando a *monsieur* Laplume.

Marcos Diamant, en su mundo hecho de fragmentos del teatro griego, se sentía como Apristo navegando detrás de los argonautas. Con los ojos perdidos en un Egeo imaginario, le dijo a Vucetich con euforia:

—¿Se da cuenta? Estamos como la flota que envió Eates para alcanzar al Argo. ¡El laboratorio portátil es nuestro vellocino de oro! —arengó, citando *Medea*.

—¿Se da cuenta de que usted debería hacerse ver? Con sus traducciones de Eurípides está más loco que el Quijote con las novelas de caballería —diagnosticó el inspector, sin que su comentario hiciera mella en el entusiasmo de su ayudante.

Al contrario, el ímpetu helénico de Diamant impulsó el bote con la fuerza del viento de Homero. El bote pesquero ya estaba muy cerca del agente francés enviado, sin duda, por la Sûreté; fuerza que, en la práctica, estaba comandada por Alphonse Bertillon, a cargo también del Service d'Identité Judiciaire de la Préfecture de Police de Paris.

Como si tuviese un itinerario preconcebido, Laplume condujo la barcaza hacia la orilla oriental, sobre la margen de Quequén. Desembarcó de un salto y corrió hasta el camino agreste que se iniciaba en el puente. Hacia ese mismo punto se dirigieron los tres. Estaban muy cerca. Pero el bote pesquero, de mayor calado, quedó encallado antes de alcanzar la orilla, donde el río aún era profundo. No podían avanzar ni retroceder. Entonces Luciferinne se quitó la falda, se la confió a Marcos Diamant y, cual bañista, saltó al río. El agua le llegaba hasta la mitad de los muslos, firmes y vigorosos. Tomó la cuerda sujeta a la popa y cuando alcanzó la orilla, se enrolló la soga alrededor del antebrazo y luego tiró con ambas manos. Todos los músculos de aquel cuerpo que, según el antropometrista, respondía a la proporción áurea, se tensaron como un arco. Parecía un grupo escultórico: Afrodita, nacida del mar, atrayendo a los mortales hacia la tentación. Como si, en efecto, la asistiera la fortaleza de Zeus, la muchacha anarquista consiguió arrastrar el bote hasta tierra firme con los dos tripulantes a bordo.

El lugar era un páramo. Vucctich y Diamant treparon el barranco hasta el camino de tierra, mientras Luciferinne se vestía. *Monsieur* Laplume, en medio de la nada, se alejaba sendero arriba sin soltar el maletín.

—Una vida dedicada a la ciencia para definir mi disputa con Bertillon en una carrera pedestre —protestó el inspector, intentando cambiar el aire.

—No se queje, que ni siquiera ha tenido que remar —lo amonestó Marcos Diamant, quien mostraba un estado atlético envidiable. Luciferinne no tardó en alcanzarlos.

—¿Este hombre piensa llegar a París corriendo? ¿Adónde diablos va? —se preguntó Juan Vucetich en voz alta, sosteniéndose el bombín con una mano y los pantalones con la otra.

—A la estación del tren —dijo ella.

—¡Claro! Hoy vuelve el viaje de prueba a Buenos Aires —recordó el dactiloscopista.

—Y ya debe estar saliendo —confirmó el colaborador, dándole un vistazo al reloj de bolsillo. Faltaba un minuto para la salida.

En efecto, hacia el final del camino podían verse las tejas de la flamante estación Quequén, aún sin inaugurar. En ese preciso instante sonó el silbido grave del tren y ascendió una columna de vapor blanco y espeso del otro lado de los ladrillos rojos. *Monsieur* Laplume era un punto lejano, inalcanzable. El inspector sabía que no existía chance alguna de que la formación no saliera a la hora exacta. A la puntualidad británica se agregaba otro elemento: como se trataba de un viaje de prueba, debían cronometrar con precisión el tiempo desde Quequén a la terminal de Constitución. Cuando llegaron al extremo del andén, pudieron ver la formación interminable que empezaba a moverse echando humo por la chimenea y las purgas. En ese mismo momento, *monsieur* Laplume se colgó del pasamanos, puso un pie en el estribo y, antes de entrar en el vagón, saludó a sus perseguidores con el sombrero. Por más que se esforzara, el trío ya no tenía forma de alcanzar el tren. Sin embargo, el inspector alentó a sus compañeros a seguir adelante. Como si Vucetich lo hubiera sabido, el maquinista hizo una última prueba de frenos. Las ruedas se bloquearon y el convoy aminoró la marcha de manera significativa. Entonces Marcos Diamant saltó a las vías, corrió detrás del tren y alcanzó a treparse al enganche del último vagón. Desde ahí, se impulsó hasta el vestíbulo y, ya encaramado en el pequeño espacio abierto, animó a sus compañeros a que lo imitaran. Pero entonces el maquinista volvió a acelerar y el ayudante vio cómo su jefe y la muchacha anarquista se quedaban en el andén, ya sin posibilidad de alcanzarlo. La velocidad era tal, que el traductor tampoco podía saltar de vuelta a las vías. De modo que entró en el vagón y estudió la situación. Fue así como vio la palanca roja del freno de emergencia. Sin dudarlo, tiró de la manija. Las ruedas chirriaron, sonó el silbato y entonces sí, el tren se detuvo por completo. Con el último aliento, Vucetich retomó la carrera impulsado por la mano de Luciferinne, hasta que por fin llegaron a la puerta del vagón donde los esperaba Diamant, justo antes de que el tren abandonara el andén. El maquinista y un operador revisaron los frenos y, al no encontrar ninguna anomalía, el tren retomó la marcha.

La formación era un palacio horizontal, desierto, fantasmagórico. A medida que avanzaban en busca del francés, no podían dejar de maravillarse. Era un espectáculo magnífico y a la vez sobrecogedor. El salón comedor, esplendoroso, con todas sus luminarias encendidas, no tenía un solo comensal. Lo mismo sucedía con los camarotes, revestidos de maderas preciosas, decorados con vidrios y espejos biselados, blanquería de seda y tapizados de terciopelo. Todo ese esplendor brillaba solo para los cuatro polizones. Antes de dejar formalmente inaugurado el nuevo tendido, la empresa británica debía comprobar que todo funcionara perfectamente. El convoy tenía que rodar con la formación completa, como iría con la capacidad total, para verificar el consumo de la máquina con el máximo peso. Así, completamente vacío, el tren se veía inmenso. ¿Cómo encontrar a una persona en semejante cantidad de metros lineales, con tantos vagones, dormitorios, asientos, portaequipajes, salones, baños, recovecos, máquinas y virtuales escondrijos tan diversos? No tuvieron, sin embargo, que buscar demasiado. El trío caminaba por un pasillo angosto, cuando de pronto, detrás de ellos se abrió la puerta de un camarote y en un movimiento veloz, *monsieur* Laplume tomó a Luciferinne del cuello y le apuntó con el Lebel otra vez con la carga completa.

—Se acabó, he decidido viajar solo.

—Muy bien, entendido. Pero no le haga daño…

—Quién iba a decir que un policía como usted iba a terminar defendiendo a los anarquistas…

—Yo me pregunto lo mismo —acotó Marcos Diamant como para sí.

—Habló el pequeño Dreyfus —dijo Laplume en tono burlón, haciendo alusión a la condición judía del ayudante del inspector.

—Ya tiene el maletín, no hace falta que nadie salga lastimado.

—Bueno, eso dependerá de cómo caigan… —dijo y le señaló la puerta del tren con la mandíbula—. ¡Salten! ¡Ahora mismo! ¡Salten del tren o le disparo!

—¿No sería mejor que se deshiciera del maletín en lugar de convertirse en el asesino de tres personas? Si arroja solo las evidencias, ya está: no habrá resolución de los crímenes con el método dactiloscópico y el mundo podrá seguir con su bendito *bertillonage*…

—No. Necesito las pruebas para demostrar que el método dactiloscópico es un fraude. Se cambia una huella por aquí, se pone otra por allá y entonces todos podrán ver que el sistema es un fracaso —dijo el agente francés, anticipando cómo habría de adulterar los registros digitales para desacreditar el método Vucetich.

—Ahora salten —los conminó.

En ese preciso momento, desde un recodo del pasillo surgió una mano que empuñaba un Webley Mk I de pura cepa británica. El francés pudo escuchar cómo alguien amartillaba el revólver justo detrás de su cabeza.

—Suelte el arma —dijo una voz grave, con evidente acento inglés.

22

La mano que empuñaba el revólver pertenecía a un hombre de impecable terno negro y bombín que apareció desde uno de los camarotes del tren. Al escuchar el amable pedido, reforzado por el frío del caño en el cuello, *monsieur* Laplume no tuvo más remedio que entregarle el arma a su interlocutor invisible, que permanecía a sus espaldas.

—Ahora suelte el maletín y a la muchacha, en ese orden.

—¿Se da cuenta? Para el patriarcado, las mujeres valemos menos que un maletín —le dijo Luciferinne a Vucetich, como si quisiera hacerlo cómplice de su relegada situación.

—Mire, no creo que esto sea una cuestión de hombres contra mujeres. Sospecho que en esta oportunidad estamos del mismo lado y creo que no es el mejor.

—Así es, *mister* Vucetich —dijo el inglés—. Ambos tienen razón. Me han encomendado recuperar el maletín, pero no me han aclarado qué hacer con todos ustedes.

El inspector creyó comprender. El nuevo dueño de la situación debía ser un agente del Foreign Office. Inglaterra estaba acaso más interesada que Francia en los estudios dactiloscópicos. De hecho, en sus colonias de Bengala y con el trabajo de sus agentes de la India, Gran Bretaña pretendía arrebatarle

163

a la Argentina los avances de la ciencia que estaba fundando Vucetich.

—Le digo lo mismo que le comentaba hace un minuto al estimado agente Laplume —le dijo el dactiloscopista al inglés—, puede deshacerse del maletín y aquí no ha pasado nada. Usted vuelve a Londres, *monsieur* Laplume a París, la señorita a las filas de Bakunin y mi colaborador y yo a La Plata. No es necesario que nadie salga lastimado.

—Oh, lamento contradecirlo, pero el maletín me será de gran provecho. Lo que me estaría sobrando son cuatro personas a las que no les encuentro ninguna utilidad. Y estoy muy tentado de arrojarlas fuera del tren.

—Bueno, no sé qué opinará *monsieur* Laplume, pero en lo que a nosotros tres concierne, podemos ahorrarle el trabajo y bajar por nuestros propios medios en la estación Balcarce. De todas formas el tren debe hacer esa parada.

—No, no lo creo. Antes debería contestar algunas preguntas —requirió el británico.

—Cómo no, con todo gusto. ¿Ve? Hablando la gente se entiende —se animó Vucetich.

—¿Es verdad que usted ha mantenido correspondencia con el doctor Cesare Lombroso, de Italia?

—Vea, mantengo correspondencia con mucha gente. Es posible que haya intercambiado algunas cartas de interés científico con Lombroso, pero nada relevante…

—Sin embargo, el doctor Lombroso le ha escrito esto, entre otras cosas —dijo el agente inglés mientras desplegaba un papel y leía:

"Hace diez años que se insiste en Italia para obtener el método antropométrico en vano. En cambio Ud. no solo lo ha adoptado, sino que ha hecho un descubrimiento que me parece de gran importancia. Me haría un verdadero favor si, al enviarme los modelos de las distintas formas de papilas digitales, las acompañase con la clasificación de cada uno de los tipos individuales criminales a los cuales pertenecen" —leyó el agente inglés y luego volvió a interrogar:

—¿Cuales son esos modelos que quería conocer el doctor Lombroso, *mister* Vucetich? Si ha compartido esa información con Italia, no veo por qué no la podrá compartir con Inglaterra.

—Veo que su gente ha hurgado en mis cajones. Me extraña que siendo tan dedicado no haya encontrado la respuesta.

—Pero hemos encontrado al autor. Le recomiendo que hable.

—No encontraron la respuesta, porque no hubo respuesta alguna. Es verdad que he intentado sintetizar los tipos de huellas en subgrupos. Pero la verdad es que eso no es posible —mintió el inspector.

En el mayor de los secretos, Juan Vucetich había trabajado sobre las investigaciones de Francis Galton. Entre las cuatro paredes de su laboratorio, el inspector consiguió desarrollar un método para clasificar las diez impresiones dactilares. El novedoso sistema permitía conservar las identidades en un archivo. Luego se podría encontrar fácilmente el legajo de un individuo determinado que hubiera sido registrado con anterioridad. La oficina que había concebido el inspector se proponía instrumentar la identificación dactiloscópica sobre la base de las diez huellas digitales. Era una solución sencilla, económica, práctica y segura para los problemas que planteaba la identificación de las personas. Claro que no estaba dispuesto a revelarle las vigas maestras de su sistema al servicio británico.

—Sin embargo, me consta que ha mantenido una fluida correspondencia con un destacado súbdito de la Corona británica —dijo el inglés.

La muchacha anarquista no pudo evitar un gesto de admiración ante el inspector. Finalmente, la monarquía de Gran Bretaña era un enemigo común.

—Es probable, pero no sé a quién se refiere —fingió desconocer Vucetich.

—Me refiero a *mister* Francis Galton. Más precisamente a este fragmento que él le ha escrito a usted: "Mi conocimiento del español es desafortunadamente demasiado limitado para permitirme leer adecuadamente su volumen, pero he comprendido sus características generales y me doy cuenta de los grandes inconvenientes que ha enfrentado para realizarlo. Es otra instancia del sello estadístico por el que Buenos Aires es justificadamente reconocida". Afortunadamente, *mister* Vucetich, mis conocimientos del español no son tan limitados. De manera que puede explicarme su sistema con lujo de detalles.

—Pero si se trata de un libro que he publicado. Puede conseguirlo en cualquier librería y, de paso, le haría una contribución a mis magros ingresos. Se lo puedo autografiar sin cargo.

—Me refiero a lo que no está publicado.

—Todos mis estudios están publicados... —volvió a mentir el inspector.

Lo que ignoraba el agente inglés era que Francis Galton no estaba al tanto de los asombrosos descubrimientos del dactiloscopista argentino. Los estudios del primo de Darwin clasificaban las huellas digitales en 101 tipos, lo cual constituía un catálogo inabarcable en la práctica para identificar individuos. En una primera instancia, Juan Vucetich había reducido este número a 59 y luego a 56. Sin embargo, al sistematizar los registros en una tarjeta de impresiones digitales, consiguió reunir todos los tipos en solo cuatro grupos. Vucetich asignó letras a las huellas de los pulgares: A= arco; I= presilla interna; E= presilla externa; V= verticilo, y números al resto de las impresiones: 1= arco; 2= presilla interna; 3= presilla externa y 4= verticilo. Este era el corazón todavía secreto de su sistema; la fórmula de la identificación humana que los científicos de todo el mundo y los servicios secretos de los principales países querían conocer.

—No me obligue a disparar —dijo el agente inglés apuntando ahora al pecho de Marcos Diamant.

—Si tuviera la información que usted necesita, ya existiría el Sistema Dactiloscópico Argentino. Y por desgracia aún no existe.

—Muy bien, conste que usted me obligó —dijo serenamente el hombre del Foreign Office y, con la mayor frialdad, disparó al pecho del ayudante, exactamente al corazón.

Marcos Diamant cayó hacia atrás como un árbol. Quedó tendido boca arriba sobre la alfombra púrpura del coche dormitorio, con un agujero humeante en el tórax, que despedía olor a quemado.

Juan Vucetich y Luciferinne estaban absortos, como si participaran de una alucinación compartida.

—Sigue ella —dijo igual de tranquilo el agente británico apuntándole ahora a la muchacha anarquista.

En ese momento, el hombre del servicio francés, que hasta entonces permanecía quieto y en silencio, se colgó de un pasamanos, se elevó en el aire y le aplicó al británico una potente patada en el pecho. Entonces sucedieron dos cosas a un tiempo. Mientras el inglés perdía el equilibrio y caía de espaldas hacia la puerta abierta, le apuntó a su agresor galo. *Monsieur* Laplume, al ver que el otro iba a disparar, giró sobre su eje, trastabilló y ambos agentes se desplomaron a la vez y cayeron al costado de las vías del tren, rodando uno encima del otro.

Sin demorarse en mirar afuera, Vucetich y Luciferinne corrieron y se arrodillaron junto al cuerpo horizontal de Diamant.

23

El tren avanzaba a través de la planicie verde, impetuoso e indiferente a los sórdidos acontecimientos que habían tenido lugar a bordo. El cuerpo inerte de Diamant, tendido en el pasillo del vagón, se mecía suavemente con las tenues ondulaciones de las vías. El orificio en el bolsillo frontal del abrigo del ayudante coincidía con el corazón. Tenía los ojos cerrados y la expresión calma de quien descansara sin culpa ni remordimiento. Desesperado, el inspector tomó a su colaborador por los hombros y lo zamarreó, mientras le gritaba:

—Diamant, amigo mío, no me puede dejar solo.

Juan Vucetich, hombre duro, tallado por su propia mano, forjado en el destierro, en el adiós a sus hermanos pequeños, sus padres y su terruño no pudo evitar un llanto quebrado, tumultuoso. La muchacha anarquista, con el cuero curtido en las protestas obreras y las barricadas rebeldes, se dio vuelta para no mostrarse quebrada por el dolor.

—Marcos, mi querido amigo, hemos llegado juntos hasta acá…, no me deje solo —el inspector no le hablaba al colaborador, sino al amigo, a uno de los pocos amigos entrañables que tenía, acaso la persona más leal y desinteresada que había conocido.

—Tal vez, si dejara de sacudirme podría acompañarlo un tiempo más —dijo de pronto Diamant, en un resuello.

El llanto de Vucetich se transformó en un gesto de sorpresa primero y en una carcajada sonora después. Luciferinne se dio vuelta y corrió a abrazar a uno de sus mejores enemigos. Lo abrazó como si en ese apretón indultara todas las iniquidades de los hombres; como si aceptara una tregua, breve pero justa, hasta encontrar a los asesinos de los niños Carballo. Ahí estaba, otra vez, el maletín intacto.

El inspector tuvo la ilusión de que Diamant había sobrevivido gracias a la fuerza material de las palabras. Y era posible que los deseos hubieran colaborado en alguna medida. Pero más contribuyó el reloj de bolsillo que había frenado la bala antes de que llegara al cuerpo. Las tres tapas doradas y la máquina del noble Longines habían servido de escudo. De hecho, se podía ver el plomo aplastado contra el cuadrante justo a las siete, número cabalístico que indicaba la hora en la que Diamant había vuelto a nacer. Le quedaba aún una larga existencia para contarles a sus nietos cómo el reloj que había heredado de su abuelo le había salvado la vida dos veces. Sin embargo, el golpe del proyectil en el pecho había sido tan fuerte que le cortó la respiración por un largo rato. Cuando al fin recobró el aliento, se incorporó con alguna dificultad y, con las costillas doloridas, se preguntó en voz alta:

—¿Y *monsieur* Laplume? —Giró la cabeza a uno y otro lado y se volvió a interrogar—: ¿Y el agente inglés?

—Han tenido un pequeño altercado entre ellos y decidieron arreglarlo fuera del tren —contestó el inspector, mientras ayudaba a su colaborador a ponerse de pie.

—Veo que hemos recuperado el maletín —se alegró el ayudante, señalando el disputado *nécessaire*.

—Aramos, dijo el mosqueterito… —suspiró Luciferinne, a la vez que le sacudía la tela chamuscada del abrigo.

Cuando Marcos Diamant pudo reconstruir el hilo de los acontecimientos y recuperó la energía, propuso:

—Hay que volver a Quequén; imagino que el tren tendrá que detenerse en alguna estación. Espero que no sea demasiado lejos.

—No, no vamos a volver. Ya hemos tenido demasiado —dictaminó Juan Vucetich.

—¿Qué está diciendo? ¿Cómo que no vamos a volver? ¿Hemos llegado hasta este punto para nada? ¡Casi me matan! ¿Y pretende que volvamos a La Plata con las manos vacías?

—No, con las manos vacías no —contestó el inspector abrazado a su maletín—; tenemos que ponerlo a salvo. Y el único lugar donde estará seguro es en mi gabinete, en el Departamento de Policía.

—Pero aún no hemos terminado de recoger las huellas. Y falta la prueba más importante: el arma asesina.

—Lo sé; por eso debemos cuidar lo que tenemos. Yo sigo viaje a Buenos Aires en este mismo tren para examinar las pruebas, clasificar las huellas y encontrar coincidencias con los registros de los sospechosos. Mientras tanto, usted va a seguir mis instrucciones —le ordenó a su ayudante, a la vez que tomaba un lápiz del bolsillo interior de la chaqueta y se disponía a escribir en el anotador.

Sentado en el borde de la cama de un camarote, el dactiloscopista apuntaba con letra redonda un encargo escrupuloso, extenso y detallado.

—Si es un testamento y me incluye, le ruego que se apure porque a este paso no llego a los treinta —le dijo Diamant, a la vez que pasaba el índice de lado a lado a través del orificio que la bala le había dejado en la casaca.

—El tren para en Balcarce, ahí se baja y vuelve a Quequén…

—¿Y cómo pretende que vuelva?

—Imaginación no le falta. Y plata, tampoco. Supongo que todavía tiene la que ganó en el casino.

—Pero dijo que eso era evidencia.

—Y, sí, eso es evidente, pero también es fungible. Ese dinero u otro... ¡es lo mismo! Si lo tiene, después se repone. Como sea, si llegó hasta acá, sabrá cómo hacer el camino inverso.

—Veo que no estoy incluida en los planes —terció Luciferinne—; claro, las mujeres no servimos para...

—Vea, estimada, no creo que una libertaria como usted esté dispuesta a recibir órdenes de un policía como yo. Y así trabajamos los policías: unos ordenan, otros obedecen.

—Bueno, muy bien, acepto. Yo no tengo ningún inconveniente en que usted se someta a mis órdenes —dijo ella con sarcasmo.

—No, usted no entiende...

—Sí, claro que entiendo. Siempre somos las mujeres las que nos tenemos que supeditar al dictado de los hombres.

—Mire, yo estoy cumpliendo órdenes y eso no me convierte en... —se frenó el inspector, antes de meterse en un pantano de palabras del que no podría volver a salir.

Después de pensarlo un momento, Juan Vucetich asintió y dio a conocer su opinión con un gesto de resignación:

—Entiendo por qué quiere colaborar con nosotros y créame que me resulta admirable. De verdad, se lo agradezco de corazón, porque sé cómo piensa. Hagamos, entonces, otro trato. Cada uno de nosotros trabajará como mejor le parezca y de acuerdo con las propias convicciones. Trabaje con la mayor libertad. Confío en usted. Y sepa que yo no tendría ningún prejuicio en obedecerle si las circunstancias me lo permitieran. Yo no puedo proceder con la misma libertad que usted; soy policía. Aprovechemos esa diferencia. De su lado queda la libertad y del mío la disciplina.

—Bueno, permítame decirle que no se ha mostrado muy disciplinado —le dijo ella, recordando implícitamente el bochornoso episodio en el cuarto del hotel.

—Entonces, permítame que yo le diga que usted tampoco se ha mostrado siempre tan libre —haciéndole ver que en el casino ella obedecía órdenes y no precisamente de otras mujeres.

—Muy bien, muy bien, dense la mano y ya. Quedó claro. Nadie es perfecto —intervino el ayudante y no sin cierta premura, advirtió—: El tren está por llegar a Balcarce y me gustaría saber cómo siguen los planes.

—Los planes para usted son estos —le dijo Vucetich, cortante, mientras le daba el papel que arrancó del anotador— y los suyos —dirigiéndose a ella— son los que usted decida. Si me pregunta a mí, yo creo que será más útil si vuelve al pueblo con Diamant para terminar de asegurarnos las pruebas; harían un gran equipo. Usted podría conversar con Francisca; estoy convencido de que se abriría más con otra mujer. Y él —señalando a su asistente— se ocuparía de las cuestiones más técnicas. Yo puedo arreglarme solo en La Plata. Aunque, claro, si quiere continuar viaje conmigo… Pero yo ni siquiera sé dónde vive. Y creo que prefiero no saberlo…

En el mismo momento en que el inspector terminó de hablar, el tren redujo la velocidad y aparecieron las primeras construcciones que indicaban la proximidad de un pueblo.

—Si no se ofende, mi estimado, le suplico que nos deje solos un momento —le dijo el inspector a Diamant, mientras ella cerraba la puerta del camarote.

Diamant miraba a través de la ventana el paisaje rural salpicado de ranchos y casitas de adobe. El tren hizo sonar el silbato, echó humo por las descargas de las bielas y se escuchó el bloqueo de los frenos y el chirrido de las ruedas sobre las vías. Diamant, de pie junto a la puerta cerrada, tamborileaba los dedos contra el marco. A medida que el tren disminuía la velocidad, en la misma proporción, pero de manera inversa, aumentaba la ansiedad del colaborador. Tenía que sujetarse una mano con la otra para no golpear la puerta. De pronto, apareció el andén, luego el cartel de la estación Balcarce y por fin la galería de la construcción inglesa de ladrillos rojos. El tren se detuvo y la puerta del camarote permanecía cerrada. Del otro lado no se escuchaba nada. Preocupado e indiscreto, en el momento en que Diamant iba a pegar la oreja a la hoja de madera, la puerta se abrió de golpe.

—¡Era hora! —le reprochó al inspector y luego, dirigiéndose a ella—: Pensé que me lo había vuelto a desmayar.

—No sea bobo —dijo Luciferinne, mientras se acomodaba el rodete y se alisaba la pollera con la palma de la mano.

Juan Vucetich se veía absorto, ausente. El gesto podía ser el del arrobamiento que sucede al éxtasis, el pasmo luego de una experiencia inusual o un simple estado de imbecilidad más o menos pasajero.

—Inspector... —le dijo el ayudante—. Inspector —repitió sin éxito—. ¡Inspector! —gritó, hasta que lo pudo sacar de ese estado de cogitación.

Entonces Vucetich, otra vez en sí, decretó:

—Muy bien. Acá nos separamos.

En ese mismo instante el tren se detuvo por completo. Marcos Diamant se bajó y se paró en el andén junto a la puerta. Luciferinne dudó, giró la cabeza de izquierda a derecha, los miró alternativamente a ambos y mostró su irresolución con un paso breve hacia adelante y otro hacia atrás.

—Usted decide —le dijo el inspector.

—Pero decídase antes de que salga el tren —conminó Diamant.

Entonces la muchacha anarquista le dio la espalda a Juan Vucetich y siguió los pasos del traductor. Una vez en el andén, ni ella ni el ayudante volvieron a darse vuelta. El tren retomó la marcha con un silbido extenso. El inspector pudo ver cómo aquella mujer que había aparecido como de un ensueño, sin nombre ni lugar, se alejaba de la misma misteriosa forma en la que había aparecido. Sintió pánico de no volver a verla nunca más.

24

La Plata

La ciudad de La Plata era para Juan Vucetich una Acrópolis extendida y fundacional. La había visto nacer ladrillo sobre ladrillo, igual que Heródoto a la Atenas de la Edad de Oro. Como un Pericles de las pampas, Dardo Rocha había decidido construir una ciudad de la nada. Pero a diferencia de la roca sagrada ateniense, debajo ni siquiera había ruinas sobre las cuales cimentar las nuevas obras. El inspector solía detenerse a mirar desde la calle el frontispicio del Museo de Ciencias Naturales; era su Partenón cotidiano. Caminaba con las manos en los bolsillos desde el Teatro Argentino al Palacio de Justicia como quien fuera del Teatro de Dioniso al Erecteión. Vucetich solía recorrer las calles amanecidas de La Plata con una concentración aristotélica. Andaba absorto en sus cavilaciones, pero abierto sin embargo a que ese paisaje neoclásico le imprimiera cierto peripatetismo a sus ideas. Luego llegaba al Departamento de Policía y subía las escalinatas como si entrara en el Liceo de Aristóteles. Ese era el aire que se respiraba en La Plata en aquellos días inaugurales. En las esculturas de los parques y las avenidas anchas y flamantes se veía la mano de Fidias, en las columnas y los arquitrabes, los planos de Ictino y Calícrates. Los descubrimientos, las técnicas y los inventos de Juan Vucetich estaban tocados por el ambiente de aquel Renacimiento a orillas de la ensenada. Al caer la noche, las calles y las ventanas de los edificios se iluminaban mágicamente con focos incandescentes. La Plata fue la primera ciudad del país en tener tendido eléctrico. Todas las ideas del inspector estaban alumbradas de manera literal por la lámpara de Edison de su escritorio y la corriente de Tesla, sin conflicto.

El regreso a la ciudad tuvo para Vucetich un efecto ordenador inmediato. Y aunque le costaba apartar el recuerdo permanente de la muchacha anarquista, la posibilidad de trabajar en su laboratorio le devolvió la tranquilidad perdida en el sur. No había fiscales comprados ni comisarios con mayor poder que un intendente que interfirieran en su trabajo. Pese a que el movimiento anarquista se hacía presente en la ciudad con la llegada de los obreros de la construcción, italianos en su mayoría, al menos no tenía acceso al Departamento de Policía. Su gabinete era una fortaleza inexpugnable. Trabajaba en soledad entre los archivos que él mismo había diseñado y que tapizaban las paredes de piso a techo. Decidió no anunciarle su llegada al presidente; prefería avanzar en silencio, sin presiones ni visitas inoportunas.

Cuando por fin pudo abrir el maletín y desplegó todos los registros que habían tomado, tuvo la certeza de que estaba a un paso de encontrar los rastros de los asesinos de los niños Carballo. Aunque faltaba la prueba más importante, confiaba en que su colaborador, Diamant, y su mejor enemiga, Luciferinne, iban a tener éxito en la tarea pendiente.

Primero tomó las fichas con los registros de quienes habían podido contaminar la escena del crimen. Comparó las huellas de los dos agentes de consigna en la casa de Francisca con las que aparecían en los distintos objetos. No habría sido de extrañar que sus dedos hubieran quedado estampados por todas partes; pese a que habían recibido la orden de no tocar nada, los agentes nunca habían mostrado obediencia alguna ni demasiada comprensión de los principios de la dactiloscopía. Si bien el inspector los había visto usar guantes, no le constaba que no se los hubieran quitado antes o después de su visita. Pero tampoco descartaba que el propio comisario los hubiera mandado a corromper la escena. Sin embargo, para su sorpresa, no había una sola huella de ellos en ninguno de los objetos. Este último dato no dejaba de resultarle sospechoso; ¿acaso tenía sentido que no hubiera ningún registro de los agentes? Vucetich temió que alguien les pudiera haber ordenado borrar las huellas. Continuó con la comparación de los registros digitales que Diamant había obtenido del mate que había tomado el comisario. Nada. Ni una sola huella coincidía con la del jefe policial.

—Extraño… —se dijo—. Muy extraño —se respondió en voz alta, mientras agitaba la lupa en el aire.

Sin embargo, tampoco podía desechar la posibilidad de que, en efecto, los agentes y el comisario se hubiesen cuidado de no alterar nada, tal como era su deber. Siguió luego con el cotejo de los registros de los principales sospechosos. Tomó con cuidado el cuchillo con el que Matilde, la mujer de Ramón Velázquez, había amenazado a Marcos Diamant. Esta era una de las evidencias más importantes por su doble significado: por un lado, demostraba la agresividad y la pericia de la mujer con el uso de armas blancas; por otro, reforzaba la hipótesis acerca del móvil de los asesinatos: de acuerdo con la versión de testigos, y que la propia Matilde reconoció, ella y Francisca se habían ido a las manos pocos días antes de los crímenes. Luego del procedimiento con la sangre de drago, aparecieron sobre el mango del cuchillo, las que, a primera vista, eran claramente las huellas de una mujer por la forma delgada y afinada hacia el extremo. En primer lugar, las comparó con otros rastros femeninos. Pese a la semejanza, eran diferentes. Revisó con la lupa una y otra vez. Definitivamente, en ninguno de los objetos de la escena del crimen aparecía coincidencia alguna con las huellas dactilares de Matilde.

Continuó con el cotejo de los registros de Ramón Velázquez. Esta prueba resultaba crucial, por cuanto la propia Francisca Rojas lo había imputado en su declaración al fiscal. Era cierto que aquella declaración estaba plagada de vicios procedimentales y serias irregularidades. Por otro lado, Marcos Diamant había demostrado que la letra no pertenecía al acusado. Además, el propio ayudante del inspector había sido testigo de los tormentos a los que el comisario había sometido a Velázquez. Pero, por otra parte, era posible que hubiera huellas digitales del hombre porque, de hecho, él y Ponciano habían encontrado a Francisca agonizando junto a los cadáveres de sus hijos, según habían denunciado ambos. Debería haber huellas al menos en los picaportes y tal vez en la pala con la que el asesino había trabado la puerta. Después de un escrupuloso examen el inspector encontró, en efecto, huellas de Velázquez en la puerta principal de la casa. Sin embargo, no las había en la pala ni en la manija interior del picaporte del dormitorio. Esto no solo no indicaba necesariamente una prueba de culpabilidad, sino que coincidía con la primera declaración del hombre a la policía: había dicho en aquella ocasión que él y Ponciano habían tenido que forzar la puerta desde afuera para poder entrar.

Prosiguió con el examen de las huellas del marido de Francisca. En este punto, el análisis debía ser sumamente minucioso: él vivía en la casa y era natural que, como las de Francisca y los niños, sus huellas estuvieran por todas partes. De modo que resultaba crucial establecer el tiempo de los registros. Era posible calcular aproximadamente la edad de las huellas dactilares en un objeto determinado. Los diversos polvos que hacían visibles las marcas tenían diferente sensibilidad y distinto poder de impregnación de los rastros sebáceos de los dedos. Los registros que el inspector había recogido en la casa del crimen indicaban diferente antigüedad. Era normal que las huellas de Ponciano aparecieran en varios objetos. De acuerdo con el tiempo de datación de esas marcas podría establecerse una cronología de los sucesos. Las más antiguas habían aparecido en casi todos los objetos peritados. En los picaportes estaban las más recientes. La más fresca correspondía a una toma que el detective había extraído de la pala con la que, según ella acusó, había sido atacada Francisca. La huella aparecía, clara, contundente y muy joven; tenía una edad coincidente con el día de los asesinatos. Pero cuando el dactiloscopista examinó el dibujo de la posición de la pala que había hecho en el anotador, descubrió un detalle revelador: el rastro de la mano indicaba que la herramienta había sido tomada en sentido inverso; es decir, no de la forma en que se usaría como objeto contundente para atacar, sino del modo en que se la manipularía, por ejemplo, para removerla de la puerta y despejar el acceso al cuarto. Ponciano había dicho que, luego de empujar la puerta y abrir una hendija entre el marco y la hoja, metió el brazo y quitó la pala que estaba trabada entre el picaporte y el piso de tierra. Las huellas dactilares coincidían con la versión del marido de Francisca.

Quedaba la última evidencia, la que tal vez conservara las huellas de Rufino Maciel, el hombre al que Matilde y Ramón Velázquez habían señalado como el amante de Francisca. Juan Vucetich tomó la piedra redonda que descansaba en el fondo del maletín. La misma con la que el hombre jugueteaba mientras evadía las preguntas de Marcos Diamant y que el ayudante había conseguido recoger. Tomó el pincel, espolvoreó el guijarro esférico con polvo rojo y aparecieron las huellas nítidas y bien contrastadas. La puso bajo la lupa y comparó esos registros con los que había tomado en los objetos de la casa. Entonces, pudo confirmar sus sospechas. Fue en ese mismo momento cuando Juan Vucetich tuvo una revelación y temió por la suerte de Marcos Diamant y Luciferinne. Se levantó de un salto y corrió a la oficina del telegrafista.

25

Necochea

Marcos Diamant tenía un largo día por delante. Revisó la lista con las instrucciones que le había dejado el inspector y cuando se disponía a salir de la habitación, vio el borde de un sobre que asomaba por debajo de la puerta. Estaba cruzado por una leyenda en letras mayúsculas: "URGENTE". Lo levantó, lo abrió y se encontró con un telegrama fechado cinco minutos antes. El hotel tenía la única oficina de telégrafo de la ciudad y estaba reservada solo para los huéspedes. El texto había sido escrito en croata, el idioma que usaba el inspector cuando quería que nadie más que su ayudante lo entendiera. La primera línea decía: "Olvide las anteriores instrucciones". Lo que seguía era un pedido extraño, que a Diamant le resultó algo esotérico. El segundo punto, en cambio, era tan obvio y elemental que hizo que Diamant se golpeara la frente con la palma de la mano. ¿Cómo no lo habían hecho antes? ¿Cómo se les había pasado por alto una diligencia tan elemental? De pronto, todo empezó a cobrar un sentido providencial y macabro. Tal vez, se dijo Marcos Diamant, sus repentinas ocurrencias estuvieran teñidas por la traducción de *Medea* en la que estaba sumergido desde hacía meses. No pudo evitar sentirse un argonauta en los mares del fin del mundo, a punto de desembarcar en una isla habitada por seres siniestros. Antes de salir del cuarto se aseguró de llevar en el bolsillo la almohadilla con tinta para sellos y un par de fichas de identificación en blanco.

Salió del hotel a la carrera hacia la casa de Francisca. Mientras cruzaba el puente desde Quequén a Necochea, resonaba en sus oídos la voz áspera y cínica de Rufino Maciel: "Yo nunca aceptaría una mujer con hijos". ¡Él se lo había confesado! Decían las comadres que cada vez que él aparecía en la casa de Francisca se escuchaban los gritos del hombre a los niños. Maliciaban, incluso, que una vez había salido a correr a los hermanos hasta la calle. Al traductor siempre le habían parecido puras habladurías; de hecho, ninguna de las mujeres que ponían a rodar estas versiones había querido prestar testimonio a la policía. Pero ahora todo empezaba a cobrar sentido. Eran como las mujeres de Corinto, representadas por el coro en *Medea*.

A medida que se acercaba a la casa, las impresiones de Necochea se le mezclaban con la obra de Eurípides. De pronto, se le borraron los límites entre la tragedia griega y la que tenía lugar en Buenos Aires al sur. Lo que *a priori* aparentaba ser una investigación compleja, ahora parecía ordenarse en la cabeza de Marcos Diamant de acuerdo con la lógica simple de *Medea*. Todas las escenas de la obra se limitaban a dos personajes: Jasón y Medea. O Ponciano y Francisca. O Francisca y Rufino, Ponciano y Ramón, el comisario y el fiscal, el inspector y Luciferinne. Ambos dramas tenían como conflicto original el abandono y el despecho. Los personajes eran tan semejantes, se dijo, como en una revelación. Jasón había abandonado a su esposa Medea con sus dos hijos pequeños. El resto del drama se desprendía de este conflicto inicial. El escenario de la obra de la lejana Necochea era idéntico al que se desplegaba en la antigua ciudad de Corinto. Era como traducir las dos obras a la vez: una, del griego al castellano; la otra, del lenguaje del drama humano al frío idioma jurídico y policial. La misma historia, dos mil años después, en el borde de la Patagonia. Ahora bien, ¿era realmente así o estaba obsesionado con la tragedia griega como el Quijote con las novelas de caballería, tal como sostenía el inspector? Todo esto se preguntaba el ayudante, mientras corría a la casa del crimen.

Igual que Medea abandonada por Jasón, Francisca, ante la decisión de Ponciano de dejarla, sintió que el mundo, su mundo, íntimo, familiar, se derrumbaba. Se compadecía de sí misma, de su propia desgracia y la de sus hijos. Desesperada y abandonada, reconstruyó Diamant, sin saber cómo habría de mantener la casa y alimentar a los niños, acudió a Rufino Maciel, el mismo hombre con el que engañaba a Ponciano. Pero Maciel detestaba a los hijos de Francisca. Si jamás había reconocido a los propios, menos habría de hacerse cargo de los ajenos. Odiaba que corretearan y gritaran cuando él se metía en la pieza con Francisca. Odiaba que acapararan la atención de la hembra. Odiaba que se la arrancaran de la cama con berrinches para que les hiciera la comida. Odiaba que le quitaran el tiempo que debería dedicarle a él. Odiaba, en fin, que existieran. Como el lobo que quisiera devorarse a las crías para que la hembra volviera al celo, Rufino hostigaba a los niños, los echaba de la casa, los corría con un rebenque. Ella no lo amaba. Pero lo necesitaba. En realidad, necesitaba a su marido, a Ponciano. Sabía, sin embargo, que cuando él tomaba una decisión no había vuelta atrás. Rufino Maciel era el instrumento con el que Francisca se vengaba del abandono de su marido. Hasta que el amante se hartó de los niños. Entonces volvió a resonar en los oídos del ayudante la frase de Maciel: "No he querido alimentar hijos míos, menos iba mantener a los hijos de otros". Marcos Diamant reconstruía los actos de la escena *in mente*. Mientras corría, podía ver el desenlace de la tragedia como si presenciara una obra de teatro. El acto final estaba cerca.

Marcos Diamant entró en la casa de Francisca sin golpear y corrió al cuarto. Tal como se habían repartido las tareas, Luciferinne conversaba con la mujer para tratar de entender qué había sucedido el día del crimen.

—Diamant, llegó antes —le dijo la muchacha anarquista—. Francisca hoy no se siente bien.

—Igual, me puedo levantar. ¿Le ofrezco algo? —le dijo Francisca.

Marcos Diamant, con una expresión desencajada, entró en el cuarto y miró a la mujer como si la viera por primera vez. Ella suspiró y elevó la vista al cielo como si quisiera invocar a sus hijos. Era la misma actitud de siempre: miraba hacia arriba con tristeza y los demás bajaban la vista en señal de respeto. Entonces, el ayudante hizo exactamente lo que le ordenó Juan Vucetich en el telegrama. Por primera vez se fijó en el punto del techo en el que ella siempre posaba sus ojos. Ahí, en ese mismo sitio, entre las pajas y un tirante rústico, creyó ver un levísimo brillo. Sin el menor decoro, Marcos Diamant movió una cajonera hasta ese lugar y se trepó de un salto. Tomó el pañuelo del bolsillo, metió la mano entre los brezos del techo y, tal como predijo el inspector desde Buenos Aires, el ayudante tocó el mango de un cuchillo. Lo envolvió en el pañuelo y lo sacó de entre las pajas. Luciferinne miraba absorta la hoja con sangre seca mientras Diamant volvía a poner un pie en el suelo.

—El arma del crimen —confirmó el traductor.

Francisca volvió a suspirar y cerró los ojos como quien quisiera invocar al sueño o, más aún, a la mismísima muerte.

Marcos Diamant guardó el cuchillo y se dispuso a cumplir la segunda orden del inspector. Se arrodilló a los pies de la cama junto a la mujer y sacó del bolsillo la almohadilla con tinta para sellos. Tomó suavemente la mano derecha de Francisca y le entintó las yemas de cada dedo. Ella no solo no se resistía, sino que colaboraba con docilidad. Luciferinne, pálida, no podía articular palabra. Luego, el traductor extrajo la ficha y transfirió las impresiones digitales de Francisca a cada casillero. Hizo el último día lo que debió haber hecho el primero. Terminada la tarea, empapó un trapo con alcohol y le limpió las manos con la piedad del Cristo rabino. Francisca permanecía en silencio, en paz, como si fuera la primera vez que podía descansar realmente desde el asesinato de sus hijos.

Entonces Diamant espolvoreó el mango del cuchillo con un poco de talco del que siempre llevaba en el bolsillo hasta que vio dibujarse las huellas.

—Las huellas de Medea —dijo para sí.

No hizo falta que las comparara en detalle. A simple vista se notaba que eran las mismas.

El traductor cerró los ojos y pudo ver, como si fuera un espectador del viejo anfiteatro de las fiestas dionisias, el último capítulo de la tragedia. Igual que Medea, Francisca comprendió que la más cruel venganza que podía tomarse por el abandono de Ponciano era quitarle para siempre lo que él más amaba. Como sucediera dos mil años atrás sobre el escenario del anfiteatro de la Acrópolis, Francisca Rojas, en el papel de Medea, levantó el cuchillo y apuñaló a sus propios hijos hasta matarlos. Trabó la puerta del dormitorio con la pala afirmada entre el picaporte y el piso de tierra apisonada. Salió por la ventana e hizo todo lo posible para dejar rastros de modo que pareciera que el agresor había escapado por ese lugar. Volvió a entrar, la segunda vez cuidando de no ensuciar el marco ni la pared. Finalmente se hizo un corte en el cuello para fingir un ataque y se dejó caer en la cama hasta la llegada de Ponciano y Ramón.

Francisca asesinó a sus propios hijos para apuñalarlo a Ponciano en el medio del corazón. Lo hizo de la misma y exacta manera en que Medea mató a sus hijos para vengarse de Jasón cuando la abandonó para casarse con Glauce, la hija de Creonte.

"Te devolví el ataque en el corazón, como debía", le dijo Medea a Jasón, cuando él descubrió a sus hijos muertos. Era la frase de la obra de Eurípides que Diamant había traducido hacía pocos días.

Luciferinne lo comprendió todo.

—Encontramos al asesino —murmuró la muchacha anarquista con la voz quebrada por la angustia y un desconsuelo indecible.

Marcos Diamant la miró con asombro. Dudaba si él había escuchado mal o si ella no había entendido.

—No hay tal asesino —le dijo—. Hay una asesina…

Luciferinne negó con la cabeza, miró a Francisca con unos ojos llenos de pena, la tomó de la mano y le acarició el pelo con el amor de una hermana. Sintió una tristeza infinita, un dolor inabarcable por los chiquitos muertos. Pero también por esa mujer que se había rebelado, desesperada y acorralada, a la voz grave y milenaria que le ordenaba ser madre, servir al hombre y alimentar al niño que encarnaría aquella misma voz grave y milenaria. Pensó también en la niña muerta que, como ella, estaba condenada a ser madre, servir al hombre y alimentar al niño. El asesino era ella, razonó Luciferinne y entonces odió al asesino y sintió piedad por ella. No había salida del infierno eterno, repetido por los tiempos de los tiempos. La muchacha anarquista lloraba por su hermana y a la vez repudiaba al asesino que anidaba en ella. Francisca y el criminal que la habitaba habían forzado la peor de las salidas. La más equivocada, la más horrorosa, la más radical. Entonces volvieron a resonar las palabras de Medea en aquel confín del planeta:

De todos los seres vivos y que tienen entendimiento
las mujeres somos la criatura más desventurada.
En primer lugar, es preciso que con grandes riquezas
nos procuremos un esposo y consigamos un amo de nuestro cuerpo:
esta desdicha es más dolorosa aún que la otra.

Y el riesgo mayor consiste en esto: si se consigue un esposo malo
o uno bueno, porque las separaciones no aportan buena reputación
a las mujeres, y no es posible rechazar al esposo.
Además, cuando una ha llegado a establecerse entre nuevas costumbres
y leyes, es necesario que sea adivina, sin haberlo aprendido en casa
para saber con qué clase de compañero de lecho ella tendrá que tratar.
Y si, en el caso de que tengamos éxito en esto,
nuestro esposo convive con nosotras sin conducir el yugo por la
fuerza, nuestra vida es envidiable.
Pero si no, es preciso morir.

Marcos Diamant miraba el cuadro de las mujeres abrazadas
con una tristeza desértica, antigua y escénica. Sentía espanto,
no odio. Lo invadía el horror, no el rencor. No quería venganza. Ignoraba, incluso, si en ese caso existía una justicia posible.
Acudieron a su memoria las palabras de Eurípides en boca del
mensajero de Jasón frente a la tragedia:

Pienso, y no ahora por primera vez, que los asuntos humanos son
una sombra,
y sin miedo diría que aquellos mortales que
parecen ser sabios e indagadores de razones
merecen la más grave acusación de locura.
Pues ninguno de los mortales es feliz:
cuando fluye la prosperidad, uno puede ser más afortunado
que otro, pero no feliz.

Este, se dijo Marcos Diamant, era un mundo de niños muertos, de mujeres desgarradas y de hombres perdidos. ¿Cómo no
dejarse caer de la letra de la Torá y entregarse a la Ley del
Talión? ¿Cómo no volver la mirada al Código Hammurabi y
darle la espalda al Tanaj? ¿Quién podía comprender la naturaleza de los actos humanos? Diamant se aferró con las fuerza de

sus ancestros a la Ley para despojarse del odio y la furia. Él, se dijo, como traductor, debía interpretar y encarnar la letra de la Ley. Pero si apenas podía trasladar el sentido de una obra de un idioma a otro, ¿cómo podría traducir a lenguaje alguno aquello que no tiene nombre, que no se puede expresar con palabras ni medir con números? Había llegado a la verdad. No la entendía, no la justificaba, no la perdonaba. Pero la había encontrado. Macabra, funesta, la verdad brillaba sin embargo con el resplandor del vellocino de oro. Marcos Diamant murmuró entre dientes el parlamento de *Medea* que acababa de traducir y que ahora se materializaba frente a sus ojos:

Aquí, sin embargo, pongo fin a este discurso
y lloro por lo que deberé realizar después:
matar a mis hijos.
Nadie me los arrebatará.
Después de aniquilar toda la casa de Jasón,
saldré de esta tierra,
escapando del crimen de mis queridísimos hijos,
luego de atreverme a la acción más impía.

Marcos Diamant no se sentía orgulloso, pero sí conforme. El inspector Juan Vucetich y él, un modesto colaborador, habían hecho su trabajo. Habían encontrado la marca que deja el diablo en sus obras más siniestras. Habían encontrado, al fin, el sello que puso Dios en los dedos de cada hombre y de cada mujer para dejar el testimonio de todos sus actos en el libro de la vida y el registro de los muertos.

EPÍLOGO

El viento del sur, eterno, incesante, ha querido desde entonces llevarse la memoria de los pequeños hermanos Carballo y sepultar bajo un piadoso manto de arena los rastros de Francisca Rojas. Pero como Medea, también ella tuvo su Eurípides. Juan Vucetich supo leer en el oráculo de las manos y dejó testimonio de la tragedia más oprobiosa. El dactiloscopista le demostró al mundo que en las puntas de los dedos estaba la rúbrica de todas las acciones humanas. El filicidio de Felisa y Ponciano fue el primer caso resuelto con el método dactiloscópico en la historia mundial. Dos años después del esclarecimiento del caso Rojas, la provincia de Buenos Aires instituyó el sistema de Vucetich. En 1905 fue incorporado por la Justicia Federal y más tarde por el resto del país. En 1907 Alphonse Bertillon, el viejo maestro y luego el peor enemigo de Juan Vucetich, sufrió la más cruel de las humillaciones: la Académie des Sciences de Paris consideró la antropometría como pseudociencia y reconoció de manera oficial y pública que el sistema dactiloscópico argentino de identificación era el más avanzado del mundo.

Cuenta la crónica que cuando Juan Vucetich viajó a París en 1913, Alphonse Bertillon desairó al visitante en medio de una recepción al no devolverle el saludo delante de la vista de los invitados. Pero a la frialdad del viejo Bertillon se opuso el eufórico entusiasmo de Edmond Locard, quien, años más tarde, se convertiría en el más ferviente difusor del sistema de Juan Vucetich, a quien reconocía como su maestro: "Me declaro partisano y defensor del sistema absolutamente perfecto". De hecho, se dedicó a enseñar en su cátedra de la Universidad de Lyon el método de Vucetich, al que consideraba superior incluso al de Galton: "Yo afirmo la superioridad evidente de vuestro sistema y reclamo su adopción en todos los países civilizados". Y eso fue exactamente lo que sucedió. Con mayor o menor demora, el mundo siguió el camino que inició Juan Vucetich en un remoto confín del planeta.

El viento del sur, pertinaz, incesante, ha querido llevarse la página más negra de la historia de una ciudad. Pero lo que no logró el viento, lo consiguieron los contubernios opacos de la política. En 1916, después de décadas de trabajo incansable, Juan Vucetich consiguió crear el Registro General de Identificación, el primero en el mundo en su tipo. Pero apenas diez meses después, el interventor nacional, José Luis Cantilo, decretó el cierre del instituto y se deshizo de todos los registros, legajos y hasta sacó los muebles a la calle. Juan Vucetich escribió entonces su página más desconsolada, "el día más triste de mi vida", según sus propias palabras. Luego vino la ruina, el olvido y la difamación.

El viento sureño, impiadoso, hostil, ha querido llevarse las huellas impresas en las cosas. Pero lo que no pudo el viento, lo pudo el abismo que divide a los hombres de los hombres. Y de las mujeres. La muchacha anarquista que se nombró a sí misma no volvió a ver a su enemigo más entrañable. Juan Vucetich, sin embargo, recibía cada vez con más frecuencia el repudio, más ruidoso que multitudinario, de racimos de anarquistas que protestaban en la puerta de su oficina o de su propia casa. Retirado, sin más recursos que una magra pensión estatal, sin beneficio alguno por parte de los cada vez más numerosos países que adoptaron su sistema, se mudó a un campo de Dolores. El 25 de enero de 1925 el dactiloscopista que supo encontrar las huellas de Dios y del diablo en los dedos de los hombres murió pobre, solo y olvidado.

Marcos Diamant, el traductor que encontró a Medea en las huellas de Francisca Rojas, libraba por esos días sus propias batallas. Las que el propio Juan Vucetich le legara. Pero esa es otra historia, que acaso alguien esté dispuesto a contar.

FIN

Las huellas del mal de Federico Andahazi
se terminó de imprimir en el mes de abril de 2023
en los talleres de Diversidad Gráfica S.A. de C.V.
Privada de Av. 11 #1 Col. El Vergel, Iztapalapa,
C.P. 09880, Ciudad de México.